暨南大学本科教材资助项目

（"一带一路"与粤港澳大湾区特色教材资助项目）

华文教育专业规划教材

中国古代文学初级教程

田　蔚　刘红红　吴晓明　编著

暨南大学出版社
JINAN UNIVERSITY PRESS

中国·广州

图书在版编目（CIP）数据

中国古代文学初级教程／田蔚，刘红红，吴晓明编著. —广州：暨南大学出版社，2024.8
华文教育专业规划教材
ISBN 978 - 7 - 5668 - 3876 - 6

Ⅰ. ①中…　Ⅱ. ①田…　②刘…　③吴…　Ⅲ. ①中国文学—古典文学—教材
Ⅳ. ①I212. 01

中国国家版本馆 CIP 数据核字（2024）第 011001 号

中国古代文学初级教程
ZHONGGUO GUDAI WENXUE CHUJI JIAOCHENG
编著者：田　蔚　刘红红　吴晓明
．．

出 版 人：阳　翼
策划编辑：杜小陆
责任编辑：康　蕊
责任校对：刘舜怡　何江琳
责任印制：周一丹　郑玉婷

出版发行：暨南大学出版社（511434）
电　　话：总编室（8620）31105261
　　　　　营销部（8620）37331682　37331689
传　　真：（8620）31105289（办公室）　37331684（营销部）
网　　址：http：//www. jnupress. com
排　　版：广州良弓广告有限公司
印　　刷：佛山市浩文彩色印刷有限公司
开　　本：787mm×960mm　1/16
印　　张：12. 25
字　　数：230 千
版　　次：2024 年 8 月第 1 版
印　　次：2024 年 8 月第 1 次
定　　价：49. 80 元

编写说明

两千五百年前，孔夫子曾言："小子何莫学夫诗？诗，可以兴，可以观，可以群，可以怨。迩之事父，远之事君，多识于鸟兽草木之名。"（《论语·阳货》）这就是著名的"兴观群怨"说，指诗歌可以感发人们的情感，帮助人们观察自然和认识社会，学会与人相处交流，并能够表达内心诉求。中国这一古老的"诗教"传统在今天的华文教育中依然能得到体现和应用。华裔子弟学习华文，要培养学生具有一定的听、说、读、写能力，但不能仅仅停留在这一实用功能层次，而是要拾级而上，做更高的情感、审美、文化的追求。

文学是人学，是一个人思想情感的艺术化表达。中国古人的喜、怒、哀、乐蕴含在如珍珠美玉般的诗歌文字之中，凝结成为中华民族的情感基因和文化记忆，代代传承。华人身份的标志不仅是会说一口流利的汉语，而且是能够对祖籍国语言文字产生发自内心的审美感动，感受诗文经典的语言之美、思想之美和境界之美，在情感上产生共鸣，从而真正实现华文教育"以文化人""以文育人"的目的，增进对中华文化的理解和认同。让学生在诗文阅读中理解感知到中国真正的风雅和气度，这是获得文化认同最持久、最深沉的方式之一。我们希望华文教育专业学生懂得"窈窕淑女，君子好逑"的爱情理想，懂得"一日不见，如隔三秋"的相思悠长，懂得送别时"海内存知己，天涯若比邻"的豪迈昂扬，理解"但愿人长久，千里共婵娟"的深深祝福，甚至懂得同龄中国孩子"墙外有两棵树，一棵是枣树，另外一棵还是枣树"的会心一笑……

基于这样的认识，我们特别编写这本《中国古代文学初级教程》，主要服务于暨南大学华文教育系华文教育专业分层培养体系中的全日制 C 班学生，也可供海外华文学校选择使用。

本教材的编写具有以下特点：

一是紧密服务华文教育专业分层培养的课程体系，践行"中国古代文学"分级教学理念。定名为"初级教程"，主要是考虑到华文教育系 C 班学生的汉语水平、文化理解和接受能力。全书设计为 13 课，适应每学期 20 周、每周授课 2 学时的教学设置。每课包括导读、课文、练习和扩展阅读四大版块，并对课文中出现的难点字词标注拼音。

　　二是在编选内容上，体现"以人系文"的理念。受司马迁作《史记》"以人系事"的启发，改变常见的以朝代为线索、依次列举作家作品的方式，而是突出文学长河中的主体——"人"的形象，重点讲好这个"作家"或"人物"的故事，以点带面，帮助学生更好地理解中国古代文学，达到对中国古代"人情物理"的接受和欣赏。

　　三是注重语言与文学的"双向奔赴"，教材既有对文学作品内容的赏析，又努力在课后练习形式上有所创新，设计注重学生语言高阶能力培养的练习环节。

　　四是注重学习内容与当代中国生活、学生所在国的文化相链接。通过对文学材料的现代演绎，完成学生与文学作品在不同时空的对话，让作家、作品成为可以面向现代社会、面向不同文化开放的具有生命力的存在。

　　需要特别说明的是，本教材是在多年授课讲义的基础上反复修改而成，并适当选入实景图片和历届华文教育系学生在学习过程中的诗文配图，以期图文并茂。同时，本教材为暨南大学本科教材资助项目成果，得到了暨南大学华文学院华文教育系、课程教学团队成员和出版社编辑等各方的大力支持，谨致谢忱。

田　蔚
2024 年 6 月

中国古代史朝代速览

中华文明上下五千年源远流长。中国古代文学和中国古代历史的学习密不可分。请通过下面这首《中国古代史朝代歌》来复习回忆。

三皇五帝始，尧舜禹相传。夏商与西周，东周分两段。
春秋和战国，一统秦两汉。三分魏蜀吴，二晋前后延。
南北朝并立，隋唐五代传。宋元明清后，皇朝至此完。

1. 三皇五帝

对上古历史中的三皇说法不一，比如有伏羲、神农、女娲之说。传说，伏羲观察自然界，发明了八卦（☰☱☲☳☴☵☶☷），神农氏尝百草，女娲补天，抟土造人。五帝生活在父系氏族社会时期，分别是黄帝、颛顼、帝喾、帝尧和帝舜，时间约前30世纪初—约前21世纪初。部落联盟采用禅让制推举首领。居于五帝首位的黄帝被视为中华民族的人文始祖。

2. 夏（约前2070—前1600）

夏是中国历史上的第一个王朝。禹治理洪水13年，为了治水，三过家门而不入。

禹是夏朝的奠基者，制造九鼎，划分九州，完成了国土整治，后来他传位给自己的儿子启，从此世袭制取代了禅让制，开始了"家天下"，夏朝大约是在公元前21世纪到公元前17世纪，历时四五百年，直到最后夏桀亡国。

武梁祠汉画像石大禹像

3. 商 （前 1600—前 1046）

商朝接续夏朝。成汤灭夏、盘 _{gēng}庚 迁 _{yīn}殷。商朝是有确切文字记载的时代。刻在龟甲兽骨上的文字——甲骨文，是目前发现的最早的文字。甲骨文是用来预测和占卜吉凶的，凡是军国大事，人间的王都要听从神的旨意。

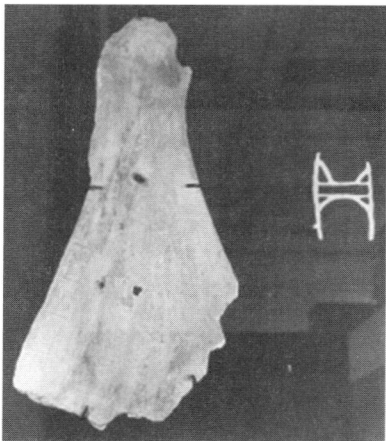

殷墟甲骨藏片

河南函谷关老子像

4. 周 （前 1046—前 256）

周朝继商而起。周文王在姜子牙的帮助下使周部落兴起。公元前 11 世纪，周武王伐纣，灭掉商朝，周武王成为周朝的开国之君。周朝以公元前 770 年周平王的东迁为界分为西周和东周。

西周推行以血缘为纽带的宗法制度和分封制度，把周王族的成员分封出去建立新的国家，以巩固和维护周天子的权力。在宗法观念下，周公又提出以礼 乐 治理天下。"礼"是礼仪制度、伦理道德，"乐"是音乐，用以感化人心、调节情感。

东周 （前 770—前 256）分为春秋、战国两个时期，出现了大批思想家，创立了各种学说，如儒家思想的创始者孔子、道家思想的代表人物老子和庄子等。

5. 秦 （前 221—前 206）

秦王 嬴 政 39 岁统一中国，自创皇帝尊号，建立了统一的封建中央集权的多民族国家。秦废除分封制，实行郡县制，统一度量衡和货币，实行"车同轨、书同文"。都^{dū}城在陕西咸阳。陕西西安的秦始皇陵兵马俑^{yǒng}被誉为"世界第八大奇迹"。

6. 汉（前206—220）

刘邦和项羽推翻暴秦后，两人又经过了四年的楚汉战争，最终刘邦胜利，建立了汉朝，定都长安，即今天陕西的西安。汉武帝时，派张骞^{qiān}出使西域，开通了丝绸之路。东汉时，佛教从印度传入中国。汉代文学以司马迁的《史记》和汉乐府诗歌为代表。

陕西西安钟楼

7. 三国（220—280）

三国是魏、蜀、吴三个政权的简称，其领导人分别是曹操、刘备和孙权。这一阶段的文学以曹操父子为中心。

8. 晋（265—420）

东晋文学以田园诗人陶渊明为代表，其笔下的世界"桃花源"仿佛人间天堂。

东晋的王羲之被称为"书圣"，他的《兰亭序》被誉为"天下第一行书"。

9. 南北朝

南朝（420—589）、北朝（386—581），中国处于南北分裂状态，但民族融合加速。文学上有北朝民歌《木兰诗》《敕勒歌》。

10. 隋唐五代

隋朝（581—618）历史短暂，但隋 炀 帝开通了京杭大运河，至今还在使用。

唐朝（618—907），首都长安，即今天陕西的西安。

唐代文学以诗歌为最盛，诗人灿若星辰，著名的有王维、李白、杜甫等。

11. 宋辽西夏金

北宋（960—1127），首都 汴 京，即今天河南的开封。南宋（1127—1279），首都临安，即今天浙江的杭州。辽、西夏和金是同时期在北方的少数民族政权。

宋代文学以词为代表样式，风格分为婉约和豪放两派。代表词人有苏 轼、秦观、李清照、辛弃疾等。

12. 元明清

元朝（1206—1368），是中国历史上第一个由少数民族建立的大一统政权，首都大都，即今天的北京。

明朝（1368—1644），后来定都北京，明成祖时曾派郑和七次下西洋。

清朝（1616—1911）是中国古代最后一个大一统的封建王朝。

元明清时期，俗文学繁荣，以曲和小说为主，小说以《三国演义》《水浒传》《西游记》和《红楼梦》为代表。

《西游记》中的主要人物

练 习

一、填空

三（　　　）五帝始，尧舜（　　　）相传。（　　　）商与西周，东周分两段。

春（　　　）和战国，一统（　　　）两汉。三分（　　　）蜀吴，二晋前后延。

南（　　　）朝并立，隋（　　　）五代传。宋元（　　　）清后，皇朝至此完。

二、填入合适的字，使句意完整

1. 传说（　　　）羲观察自然界，发明了八卦，神（　　　）氏尝百草。

2. 五帝中的首位是（　　　）帝，被视为中华民族的人文始祖。

3. 禹治水13年，传位自己的儿子启，世袭制取代了禅（　　　）制。

4. 中国有文字可考的历史从商朝的（　　　）骨文开始。

5. 西周开创（　　　）乐文明。

6. 东周分为春秋、（　　　）国两个时期，出现了大批思想家，创立了各种学说。

7. 秦王嬴政统一中国，自创（　　　）帝尊号，建立了统一的封建中央集权的多民族国家。

8. 陕西西安的秦始皇陵兵（　　　）俑被誉为"世界第八大奇迹"。

9. 汉朝的汉武帝时，派张骞出使西域，开通了（　　　）绸之路。

10. 东汉时，（　　　）教从印度传入中国。

11. 三国是魏、蜀、（　　　）三个政权的简称，其领导人分别是（　　　）操、刘备和孙权。

12. 东晋文学以田园诗人陶渊（　　　）为代表。

13. 南朝、北朝虽然处于（　　　）裂状态，但也加速了民族的融合统一。

14. 唐朝首都（　　　）安，即今天的西安。

15. 北宋首都汴京（汴梁），即今天的河南（　　　）封。

16. 南宋首都临安，即今天浙江的（　　　）州。

17. （　　　）朝是中国历史上第一个由少数民族建立的大一统政权。

18. 明朝明成祖时曾派郑（　　　）七次下西洋。

19. （　　　）朝是中国古代最后一个大一统的封建王朝。

三、快速连线

人名	时代	相关作品
孔子	唐朝	《论语》
苏东坡	春秋	《水调歌头·明月几时有》
李白	宋朝	《静夜思》
诸葛亮	明朝	《三国演义》
孙悟空	北朝	《西游记》
花木兰	三国	《木兰诗》

目
录

第一课　上古神话中的英雄

导　读

下面这些人名怎么读？

盘古　　女娲　　大禹　　夸父　　共工　　精卫　　后羿　　后稷

什么是上古神话？　为什么会出现神话？

中国的上古神话是指中国夏朝以前直至远古时期的神话和传说，是原始先民在社会实践中创造出来的。那时候的人还无法解释各种自然现象和社会现象，如："为什么太阳总落到山的那一边？""为什么打雷闪电？""人是怎么来的？"当时的人们只能用自己比较幼稚的认识能力，通过想象的方式对各种现象做出艺术化的解释和描述，以表达自己的认知和愿望。

神话产生于人类生产力低下的时期，一旦生产力发展了，科学发达了，神话也就消失了。但是神话对科学却有启迪之功，没有"千里眼""顺风耳"的想象，就没有今天电视、电话的发明。

上古神话的内容有哪些？

上古神话的内容丰富而复杂，包括自然环境和社会生活的各个方面，既包括世界的起源，又包括人类的命运。大致可以分为：创世神话、始祖神话、洪水神话、战争神话、发明创造神话和英雄神话等。

影响较大的中国上古神话有如下几个：

盘古开天地、女娲造人、女娲补天、共工触山、鲧^{gǔn}禹治水、夸父逐日、精卫填海、后羿射日、后稷教民稼穑^{jiàsè}等。

上古神话的特点是什么？

中国上古神话具有浓重的忧患意识、明确的厚生爱民意识、勇敢的反抗精神，与西方神话形成了鲜明的对比。中国上古神话中的英雄多是悲剧英雄，他们追求真理和正义，信念坚定，具有不屈不挠、绝不服输的反抗和战斗精神。

上古神话保存在哪里？

上古神话在后世具有强大的文学魅力，也启发了后世的文学创作。但由于时代的久远，再加上儒家"不语怪力乱神"，对神话采取排斥态度，中国上古神话保存下来的很少，资料零散不全，不像古希腊神话那样被完整而有系统地保留下来。《山海经》是中国古代保存神话资料最多的著作，此外《楚辞》《庄子》《淮南子》《列子》等也有保存。

课　文

1. 盘古开天地

天地混沌^{hùndùn}如鸡子，盘古生其中。万八千岁，天地开辟^{pì}，阳清为天，阴浊^{zhuó}为地。盘古在其中，一日九变，神于天，圣于地。

天日高一<u>丈</u>（zhàng），地日厚一丈，盘古日长一丈，如此万八千岁。天数极高，地数极深，盘古极<u>长</u>（cháng）。后乃有<u>三皇</u>。……故天<u>去</u>地九万里。

（《艺文类聚》）

［注释］

混沌：中国古人想象中天地未开辟以前宇宙模糊一团的状态；也常用来形容思想模糊不清，不分明。

开辟：开天辟地，指宇宙的开始。

浊：不清澈，不干净。与"清"相对。

九：在古代，九被认为是最大的数字，泛指多次或多数。

于：比。

丈：长度单位，1 丈 ≈ 3.3 米。

三皇：中国古代传说中三个杰出的部落首领，被尊为华夏族的祖先。不同著作对其有不同说法，详见前"中国古代史朝代速览"。

去：离开，距离。

［译文］

（世界开辟以前）天和地混沌成一团，像个鸡蛋一样，盘古就生在这当中。过了一万八千年，天地分开了，轻而清的阳气上升为天，重而浊的阴气下沉为地。盘古在天地中间，一天中有多次的变化，他的智慧比天还要高超，他的能力比地还要强大。天每日长高一丈，地每日增厚一丈，盘古也每日长大一丈。这样又过了一万八千年，天升得非常高，地沉得非常深，盘古也长得非常高大。天地开辟了以后，才出现了世间的三皇。……所以天和地相差有九万里。

[思考]

（1）这则神话认为天和地是怎么出现的？

（2）"一日九变"的"九"有什么含义？你还能说出带有"九"的词语吗？

2. 女娲造人

俗说天地开辟，未有人民，女娲抟黄土作人，剧务，力不暇供，乃引绳緪^{gēng}于泥中，举以为人。故富贵者，黄土人也；贫贱凡庸^{yōng}者，緪人也。

（《太平御览》）

[注释]

女娲：中国上古神话中的创世女神。

抟：揉成圆形。

剧务：工作十分繁重。

力不暇供：这里指（女娲）没有足够的力量来完成（造人）这项工作。暇：指空闲，没有事的时候；供：给。

引：拉，伸。

緪：粗绳子。

举：往上伸，往上甩。

凡庸：平平常常、普普通通。

[译文]

　　传说天地开辟的时候，还没有人类，女娲用黄土捏成人，因为工作繁重，女娲没有足够的力量来完成造人这项工作，于是她就拿了绳子把它投入泥浆中，举起绳子一甩，泥浆洒落在地上，就变成了人。所以后来富有高贵的人，是用黄土捏出来的人；而贫贱一般的人，则是用绳子甩出来的人。

[思考]

　　女娲造人的经过是怎样的？穷人和富人有什么不同？

3. 女娲补天

　　往古之时，四极废，九州裂。天不兼覆（fù），地不周载（zài）。火爁（lǎn）炎而不灭，水浩洋而不息，猛兽食颛（zhì）民，鸷鸟攫（jué）老弱。于是，女娲炼五色石以补苍天，断鳌（áo）足以立四极，杀黑龙以济冀（jì）州，积芦（lú）灰以止淫（yín）水。苍天补，四极正；淫水涸（hé），冀州平；狡（jiǎo）虫死，颛民生。

（《淮南子》）

[注释]

四极：古代神话传说中四方的 擎(qíng) 天柱。

九州：古人把中国分为冀、兖(yǎn)、青、徐、扬、荆(jīng)、豫、雍(yōng)、梁九州，这里泛指大地。

兼覆：全都覆盖。

周载：完全承载。

爁炎：火势蔓延。

颛民：善良的百姓。

鸷鸟：凶猛的鸟。

攫：用爪子抓。

鳌：传说中海里的大龟或大鳖。

济：救助。

芦：芦苇。

淫：过多的。

涸：失去水而干枯。

狡虫：毒蛇猛兽。

[译文]

在久远的过去，支撑天地四方的四根柱子倒了，九州大地裂开。天不能把大地全都覆盖，地不能把万物完全承载。烈火猛烈而不熄灭，洪水浩大而不消退，凶猛的野兽吃善良的百姓，凶猛的禽鸟抓取老人和小孩。这时，女娲炼出五色石来修补苍天，砍断巨龟的脚来做撑起四方的擎天柱，杀死黑龙来拯救冀州，积聚芦灰来堵塞洪水。天被修补了，四方的柱子重新立正了，洪水退了，冀州太平了，凶猛的鸟兽都死了，善良的百姓生存下来了。

[思考]

女娲为什么要补天？她是用什么来补天的?

4. 共工 触(chù)山

昔者(xī)，共工与颛顼争为帝，怒而触不周之山，天柱折(zhùshé)，地维绝。天倾西北，故日月星辰移焉(yān)；地不满东南，故水潦(lǎo)尘埃(āi)归焉。

（《淮南子》）

[注释]

共工：炎帝的后裔，为中国古代神话中的水神，掌控洪水。

触：碰撞，撞击。

昔者：从前。

颛顼：传说中的五帝之一，黄帝的后裔。

不周之山：山名，即不周山，有两根支撑天地的柱子。

折：折断。

维：绳子，系着大地四角的绳子。(jì)

绝：断。

倾：倾斜。

焉：到这里。

满：够，达到。
故：所以。
水潦：泛指江湖流水。**潦**：积水。
尘埃：尘土。这里指泥沙。
归：流。

〔译文〕

从前，共工与颛顼争夺部落首领（共工在大战中惨败），共工愤怒地用头撞击不周山，支撑着天的柱子折断了，系挂着大地的绳索也断了。天向西北方向倾斜，所以日月星辰都向西北方向移动了；大地的东南角塌陷了，所以江河积水泥沙都朝东南角流去了。

〔思考〕

共工怒触不周山解释了什么自然现象？

5. 鲧禹治水

洪水滔天，鲧窃帝之息壤以堙洪水，不待帝命。帝令祝融
杀鲧于羽郊。鲧复生禹，帝乃命禹卒布土以定九州。

（《山海经》）

〔注释〕

鲧、禹：古人名，鲧是禹的父亲。三皇五帝时期，黄河泛滥，鲧、禹父子二人受命于尧、舜二帝，负责治水。鲧禹治水，也叫大禹治水。

滔天：指水势非常大。**滔：**弥漫、充满。

帝：指天帝。

息壤：一种神土，传说这种土能够不停地生长，可以用来堵塞洪水。

堙：堵塞，填塞。

祝融：火神的名字。

羽郊：地名，羽山的近郊。

复：通"腹"。传说鲧死后三年，尸体不腐烂，他的肚子自动裂开，禹就从中生出来。

卒：最后、终于。

布：同"敷"，铺陈，即陈设、布置。

〔译文〕

洪水到处都是。鲧偷了天帝的息壤来堵塞洪水，没有等待天帝的命令。天帝命令祝融把鲧杀死在羽山的郊野。从鲧的肚子中生出禹。天帝就命令禹率领部下铺填土壤（制住了洪水），从而安定了九州。

〔思考〕

（1）鲧的死亡有价值吗？鲧与希腊神话中盗火的普罗米修斯（Prometheus）有共同点吗？

（2）大洪水是世界诸多民族远古传说中共有的成分，中国有"鲧禹治水"的传说，西方有"诺亚方舟"（Noah's Ark）的故事，在你的国家有没有关于洪水的传说？

（3）请查找资料，说说大禹治水三过家门而不入的故事。

大禹治水雕塑

6. 夸父逐日

夸父与日逐走，入日。渴，欲得饮，饮于河渭，河渭不足，
北饮大泽。未至，道渴而死。弃其杖，化为邓林。

（《山海经》）

〔注释〕

逐：追赶。

走：跑。

欲：想要。

河、渭：即黄河、渭水。

足：够。

大泽：大湖。

未至：没有赶到。

道渴而死：半路上因口渴而死。

弃：遗弃，丢掉。

杖：拐杖，手杖。

邓林：桃林。

〔译文〕

夸父与太阳赛跑，一直追赶到太阳落下的地方。他感到口渴，想要喝水，就到黄河、渭水喝水。黄河、渭水的水不够，他就往北去大湖喝水。还没到大湖，他就在半路上因口渴而死。他丢弃了手杖，（手杖）化成一片桃林。

〔思考〕

（1）为什么夸父要去追赶太阳？你如何看待他的行为？

（2）如果夸父没有渴死在半路上，他最终能赶上太阳吗？说说理由。

（3）这里的"太阳"和"水"还可以有别的寓意吗？

7. 精卫填海

发鸠之山，其上多柘木，有鸟焉，其状如乌，文首，白喙，赤足，名曰精卫，其鸣自詨，是炎帝之少女，名曰女娃。女娃游于东海，溺而不返，故为精卫。常衔西山之木石，以埋于东海。

（《山海经》）

〔注释〕

发鸠之山：山名。**之**：助词，无意义。

柘木：柘树、桑树一类。

焉：在那里。

乌：乌鸦。

文首：头上有花纹。**文**：花纹。

喙：鸟嘴。

曰：叫作。

詨：呼叫。

炎帝：相传就是教人民种植五谷的神农氏。

溺：淹没，淹死。

为：成为，变作。

衔：用嘴含，用嘴叼。

以：用来。

〔译文〕

有座山叫发鸠山，山上长了很多柘树，有一种鸟，它的形状像乌鸦，头部有花纹，白色的嘴，红色的脚，名叫精卫，它的叫声像在呼唤自己的名字。传说这种鸟是炎帝小女儿的化身，名叫女娃。有一次，女娃去东海游泳，溺水淹死了，再也没有回来，所以变作精卫鸟。精卫经常口衔西山上的树枝和石块（往返大海和西山），决心要填平东海。

〔思考〕

（1）精卫以前是什么？怎么变成了鸟？为什么要填海？

（2）精卫填海表达了一种什么精神？

8. 后羿^{yì}射日

尧^{yáo}时十日并出，草木焦枯，尧命羿射十日，中^{zhòng}其九日，日中九乌^{jiē}皆死，堕^{duò}其羽翼，故留其一日也。

（《楚辞章句》）

〔注释〕

后羿：羿是传说中的古人名，善于射箭。**后**：古代对君主的称呼。
尧：传说中上古帝王名。
并：一起。
中：射中。
乌：即三足乌，又称三足金乌，是中国古代神话传说中的神鸟之一。传说在红日中央有一只黑色的三足乌鸦，黑乌鸦蹲居在红日中央，周围是金光闪烁的"红光"，故称"金乌"。
皆：都。
堕：掉下。
故：故意，特意。

〔译文〕

尧统治的时候，天上有十个太阳一起出来，草木都被晒得枯死了，尧命令后羿射下十个太阳，后羿射中了九个太阳，太阳中的鸟（金乌）都死了，掉下了它的羽毛和翅膀，（后羿最后）故意留下了一个太阳。

〔思考〕

（1）后羿为什么只射下了九个太阳？
（2）后羿和传说中奔月的嫦娥有什么联系？
（3）中国的探月工程为什么也叫嫦娥工程？

练 习

一、给加点字注音

女娲（　　　　）　　　　盘古（　　　　　　）

鲧禹（　　　　）　　　　后羿（　　　　　　）

洪水滔天（　　　　　）　　溺而不返（　　　　　　）

天地混沌（　　　　　）　　草木焦枯（　　　　　　）

二、选择填空

1. 鲧禹（　　　）水

A. 喝　　　　B. 放　　　　C. 治　　　　D. 打

2. 夸父（　　　）日

A. 看　　　　B. 望　　　　C. 逐　　　　D. 赶

3. 精卫（　　　）海

A. 游　　　　B. 玩　　　　C. 看　　　　D. 填

4. 盘古开（　　　）

A. 天地　　　B. 大地　　　C. 日月　　　D. 世界

5. 女娲（　　　）天

A. 造　　　　B. 开　　　　C. 补　　　　D. 飞

6. 共工（　　　）山

A. 爬　　　　B. 开　　　　C. 拦　　　　D. 触

7. 后羿（　　　）日

A. 射　　　　B. 逐　　　　C. 打　　　　D. 追

8. 下面哪个神话内容和中国西高东低的地形有关？（　　　　）

A. 后羿射日　　B. 精卫填海　　C. 女娲造人　　D. 共工触山

9. 传说中是（　　　　）开辟了天地。

A. 夸父　　　　B. 盘古　　　　C. 大禹　　　　D. 伏羲

10. 下面哪个神话人物和治理洪水有关？（　　　　）

A. 后羿　　　　B. 夸父　　　　C. 女娲　　　　D. 鲧禹

三、根据课文内容填空

1. 渴，欲得饮，饮于河渭，河渭不（　　　　），北饮大（　　　　）。

2. 女娃游于东海，（　　　　）而不返，故为精卫。常（　　　　）西山之木石，以堙于东海。

3. 万八千岁，天地开辟，阳（　　　　）为天，阴（　　　　）为地。

4. 女娲（　　　　）黄土作人。

5. 往古之时，四极废，（　　　　）州裂。天不兼覆，地不周（　　　　）。

6. 于是，女娲（　　　　）五色石以补苍天，（　　　　）鳌足以立四极。

四、回答问题

1. 当学习神话"夸父逐日""精卫填海"时，你的眼前会是什么样的画面？请用三句以上的话语描述。

2. 下面两位同学的观点，你同意吗？说说你的想法。

同学 A：我感觉很悲伤，精卫很可怜，但是我觉得它很特别，它知道那是大海，很危险，但是为什么还要在海里游泳呢？我不会在离岸太远的海里游泳。

同学 B：我可以想象到一只小小的鸟，每次抓一点小东西，然后扔到海里，为了自己的目标，永不放弃，我特别佩服它。

＜扩展阅读＞

1. 盘古开天辟地之后身体都变成了什么？

盘古临死前，他嘴里呼出的气变成了春风和天空的云雾；声音变成了天空的雷霆；盘古的左眼变成了太阳，照耀大地；右眼变成了皓洁的月亮，给夜晚带来光明；千万缕头发变成了颗颗星星，点缀美丽的夜空；鲜血变成了江河湖海，奔腾不息；肌肉变成了千里沃(wò)野，供万物生存；骨骼变成了树木花草，供人们欣赏；筋脉变成了道路；牙齿变成了石头和金属，供人们使用；精髓(suǐ)变成了明亮的珍珠，供人们收藏；汗水变成了雨露，滋润禾苗；盘古倒下时，他的头化作东岳泰山，他的脚化作西岳华山，他的左臂化作南岳 衡 山(héng)，他的右臂化作北岳 恒 山(héng)，他的腹部化作中岳 嵩 山(sōng)。

2. 这首诗中提到的"人日"是什么时候？

人日就是每年农历的正月初七。传说天地初开的时候，造物主在正月初一造出了鸡，然后造出了狗、羊、猪、牛、马等动物，在第七天造出了人，所以这一天是人类的生日。

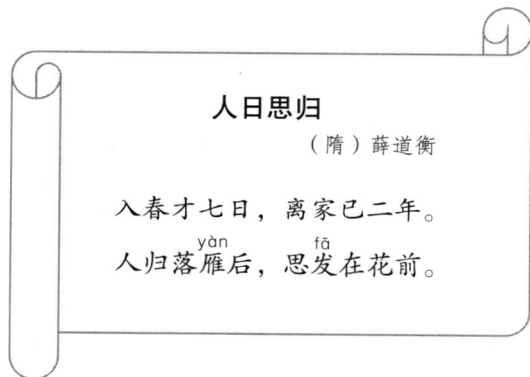

人日思归

（隋）薛道衡

入春才七日，离家已二年。
人归落雁后(yàn)，思发在花前(fā)。

3. "九州""一言九鼎"是什么意思？

大禹平定洪水后，就划分天下为九州，即冀州、兖州、青州、徐州、扬州、荆州、豫州、雍州、梁州，又命令九州的首领各自用青铜铸造一鼎，一鼎象征一州，以九鼎定九州，把九鼎集中在夏王朝都城。后来"九州"就成为中国的代名词。成语"一言九鼎"的意思是"一句话抵得上九鼎那么重"，比喻说话的分量大，能起很大作用。比如：爷爷在家里说话一言九鼎，爸爸一般情况下不敢违背。

4. 嫦娥为什么会奔月？

据《淮南子》记载，后羿从昆仑山西王母那里得到了长生不死之药，交给了妻子嫦娥保管。没想到曾经向后羿学射的弟子逢蒙前来偷窃，偷窃不成就要加害嫦娥。情急之下，嫦娥只好吞下了不死之药，身体立刻就轻轻飘飘，飞升上了天。她不忍心离开后羿，就飞上了月宫，成了仙人。月宫寒冷寂寥，嫦娥于是就催促因犯错而被罚在这里的吴刚砍伐桂树，让玉兔捣药，想配出新的飞升之药，早日返回人间与后羿团聚。嫦娥奔月的神话流传久远，表达了远古人民向往团圆、过上幸福生活的愿望。

第二课　倾听先民的歌唱

《诗经》是一本什么书？

《诗经》是中国最早的一部诗歌总集，收集了从西周初年（公元前 11 世纪）到春秋中叶（公元前 6 世纪）大约五百年中的 305 篇诗歌。起初这些诗歌被称为"诗"或者"诗三百"，到了西汉时被尊为儒家经典，才有了"诗经"之名。

什么是"风、雅、颂"？

《诗经》的内容按照音乐的不同，分为风、雅、颂三类。"风"指地方乐调，包括十五国风（见下图），是周朝各个地方的民歌，共 160 首；"雅"是周王朝宫廷的乐歌，包括大雅和小雅，共 105 首；"颂"则是用于宗庙祭祀的音乐，包括周颂、鲁颂和商颂，共 40 篇。

什么是"重章叠句"？

《诗经》的句式既以四言为主，在结构上常用　重 章叠句的形式。乐曲演奏一遍为一章，《诗经》中的诗是可以合乐歌唱的，每一篇都分若干章，就像今天歌词的分段，而且章与章往往句型重复，只在关键处更换个别用字，用字的意思也大体相同，这一章法就叫做"重章叠句"，能够产生回旋跌宕的艺术效果，便于诗歌的记忆和传诵。

什么是 "赋、比、兴"？

fù　　　xīng

《诗经》有赋、比、兴 三种艺术表现手法。赋，就是直接描写陈述；比，是打比方，以客观事物来比喻诗人的思想感情；兴，是借其他事物开个头，以引起自己所要表达的内容。

《诗经》内容丰富，题材广泛，真实而深刻地反映了周代社会生活的各个方面，《诗经》也成为中国现实主义文学的开端，对后世文学有着深远的影响。

请指出十五国的位置，看看你曾经到过或听过哪些地方。

《诗经》十五国风地理今图示意

〔思考〕

《诗经》中的诗可以唱吗？如果现在还有乐谱，你比较喜欢听哪一类？

> 课　文

1. 关雎（jū）

关关雎鸠（jiū），在河之洲。窈窕淑女（yǎotiǎoshū），君子好逑（hǎoqiú）。

参差荇菜（cēn cī xìng），左右流之。窈窕淑女，寤寐（wùmèi）求之。

求之不得，寤寐思服。悠哉悠哉（yōuzāi），辗转反侧（zhǎnzhuǎn）。

参差荇菜，左右采之。窈窕淑女，琴瑟（sè）友之。

参差荇菜，左右芼（mào）之。窈窕淑女，钟鼓乐（lè）之。

湖北曾侯乙墓出土的编钟

〔注释〕

关关：象声词，雌雄二鸟相互应和的叫声。

雎鸠：一种水鸟。

洲：水中的陆地。

窈窕淑女：贤良美好的女子。**窈窕**：身材体态美好的样子。**淑**：好，善良。

好逑：好的配偶。**逑**：通"仇"，匹配，对象。

参差：长短不齐的样子。

荇菜：可供食用的水草。

左右流之：时而向左、时而向右地择取荇菜。**流**：义同"求"，这里指摘取。**之**：它，指荇菜。

寤寐：睁眼醒着和闭上眼睡觉。指日夜。

思服：思念。**服**：想。

悠哉悠哉：意为"悠悠"，就是长。这句是说思念绵绵不断。

辗转反侧：翻来覆去，不能入眠。

琴瑟友之：弹琴鼓瑟来亲近她。**琴、瑟**：都是弦乐器。**友**：用作动词，此处有亲近之意。

芼：择取，挑选。

钟鼓乐之：用钟鼓奏乐来使她快乐。**乐**：使……快乐。

〔译文〕

一对雎鸠鸟关关、关关地鸣叫，在河中的小洲上。
美丽善良的女子啊，是君子理想的对象。
长长短短的荇菜，左右两边去采摘。
美丽善良的女子啊，睁开眼闭上眼都想追求。
追求却不能如愿，睁开眼闭上眼都在思念。
思念漫长啊漫长，翻来覆去难以成眠。

长长短短的荇菜，两手左右去采摘。
美丽善良的女子啊，我弹琴鼓瑟亲近她。
长长短短的荇菜，左右两边来挑选。
美丽善良的女子啊，敲钟打鼓使她开心有笑颜。

〔赏析〕

《国风·周南·关雎》是《诗经》中的第一首诗，写一位男子为追求自己心爱的姑娘而辗转反侧，不能入睡，想着用各种方法去亲近她、打动她。此诗巧妙地采用了"兴"的表现手法。首章以雎鸟相向合鸣，相依相恋，兴起君子对淑女的联想。以下各章，又以采荇菜这一行为兴起主人公对女子疯狂的相思与追求。全诗语言优美，善于运用双声、叠韵和重叠词，增强了诗歌的音韵美和写人状物、拟声传情的生动性。

〔好词好句〕

窈窕淑女，君子好逑　求之不得　辗转反侧　寤寐以求　参差不齐

〔思考〕

（1）《关雎》这首诗的主要内容是什么？它表达了一种什么情感？

（2）为了追求意中人，小伙子打算做什么？你觉得他追求的姑娘会被打动吗？

（3）《关雎》开始四句是"关关雎鸠，在河之洲。窈窕淑女，君子好逑"，前两句和后两句之间有什么联系？诗歌为什么要以"关雎"开头？省略掉这两句是不是更好？

（4）类似"参差荇菜，左右流之"的句子重复了几次？为什么要重复？

2. 子衿
jīn

青青子衿，悠悠我心。
yōu

纵我不往，子宁不嗣音？
zòng　　　　　nìng

青青子佩，悠悠我思。

纵我不往，子宁不来？

挑兮达兮，在城阙兮。
táo xī tà　　　　què

一日不见，如三月兮。

佩玉君子（2021 级印度尼西亚学生　萧钰欣绘）

〔注释〕

子衿：指周代读书人的服装。**子**：古代男子的美称。**衿**：衣领。

悠悠：此指忧思深长不断。

纵：即使，就算。

宁：难道。

嗣音：①传音讯。**嗣**：通"贻^{yí}"，给、寄的意思。②保持音信。**嗣**^{sì}：接续，继续。

佩：这里指系佩玉的带子。

挑、达：独自来回走动。

城阙：城门楼。

〔译文〕

青青的是你的衣领，悠悠的是我的心情。
即使我不曾去会你，难道你就要断音信？
青青的是你的佩带，悠悠的是我的情怀。
即使我不曾去会你，难道你不能主动来？
来来往往张眼望啊，在这高高城楼上啊。
一天不见你的面啊，好像已有三月长啊！

〔赏析〕

《国风·郑风·子衿》写单相思，描写一个女子思念她的心上人。每当看到颜色青青的东西，女子就会想起心上人青青的衣领和青青的佩带。于是她登上城门楼，就是想看见心上人的踪影。如果有一天看不见，她便觉得如隔三月。全诗三章，每章四句，充分描写了女子单相思的心理活动，是一首难得的优美的情歌，成为中国文学史上描写相思之情的经典作品。

〔好词好句〕

青青子衿，悠悠我心　一日不见，如三月兮

〔思考〕

（1）看见颜色青青的东西，女子想起了什么？这是一种什么情感？

（2）"青青子衿，悠悠我心"，大家想想，这里如果换成"青青子衣，悠悠我心"好不好？为什么？

（3）"纵我不往，子宁不嗣音？""纵我不往，子宁不来？"表达了一种什么情绪？

3. 采葛 (gé)

彼采葛兮，一日不见，如三月兮！

彼采萧 (xiāo) 兮，一日不见，如三秋兮！

彼采艾 (ài) 兮，一日不见，如三岁兮！

〔注释〕

采：采集。

葛：葛藤，一种蔓生植物，块根可食，茎可制纤维。

萧：植物名；蒿的一种，即艾蒿；有香气，古时用于祭祀。

三秋：这里三秋长于三月，短于三年，义同三季，也就是九个月。

艾：一种草，菊科，茎直生，白色，高四五尺。其叶子供药用，可制艾绒灸病。

岁：年。

〔译文〕

那个采葛的姑娘，一天没有见到她，好像隔了三月啊！

那个采萧的姑娘，一天没有见到她，好像隔了三秋啊！

那个采艾的姑娘，一天没有见到她，好像隔了三年啊！

〔赏析〕

《国风·王风·采葛》是一首思念情人的小诗。采葛为织布，采萧为祭祀，采艾为治病，都是女子在辛勤劳动。男子思念起自己的情人来，一日不见，如隔三秋（月、年）。说一天会像三个月、三个季节，甚至三年那样长，这当然是物理时间和心理时间的区别所在。用这种违反常理的写法，是为了强调其思念之切、思念之深而已。全诗三章，每章三句。诗人用夸张手法描写心理活动，很有特色。

〔好词好句〕

一日不见，如三秋兮（或：一日不见，如隔三秋　一日三秋）

〔思考〕

（1）"三秋"是指多长时间？

（2）"一日不见，如三秋兮"表达了一种怎样的情感？你有过这样的感受吗？

4. 蒹葭
jiān jiā

蒹葭苍苍，白露为霜。所谓伊人，在水一方。
sù huí
溯洄从之，道阻且长。溯游从之，宛在水中央。
qī *xī*
蒹葭萋萋，白露未晞。所谓伊人，在水之湄。
jī *chí*
溯洄从之，道阻且跻，溯游从之，宛在水中坻。
sì
蒹葭采采，白露未已。所谓伊人，在水之涘。
zhǐ
溯洄从之，道阻且右。溯游从之，宛在水中沚。

〔注释〕

蒹葭：芦苇。

苍苍：茂盛的样子。同下文的"萋萋""采采"。

伊人：那个人。

在水一方：在河的另一边。

溯洄：逆流而上。

从：跟从，这里指"追寻"。

阻：险阻。

溯游：顺流而下。

宛：仿佛。

晞：晒干。

湄：水和草交接之处，指岸边。

跻： 升高，形容道路又陡又高。

坻： 水中的小洲或高地。

已： 止，这里的意思是"变干"。

涘： 水边。

右： 弯曲。

沚： 水中的小块陆地。

〔译文〕

大片的芦苇青苍苍，清晨的露水变成霜。我所怀念的心上人，就站在对岸的河边上。

逆流而上追寻她，道路险阻又漫长。顺流而下寻找她，她仿佛又在水的中央。

芦苇茂盛一大片啊，清晨露水未晒干。我所怀念的心上人，就在河水的岸边。

逆流而上追寻她，道路险阻又难攀。顺流而下寻找她，她仿佛又在水中的小洲。

芦苇繁茂一大片，清晨的露水未变干。我所怀念的心上人，就在河岸的那一边。

逆流而上追寻她，道路艰险又弯曲。顺流而下寻找她，她仿佛又在水中的沙滩上。

〔赏析〕

《国风·秦风·蒹葭》可以理解为是一首君子在追寻"伊人"的爱情诗。首句以蒹葭起兴，展现出秋天早晨河边一片朦胧凄凉的景色。"伊人"就在眼前，可是尽管主人公努力地上下寻找，在时间的推进中不断地追求，却总是受到阻碍不能成功，给人以百般努力却又无可奈何的感受。诗中的"伊人"可以指主人公的心上人，也可以泛指一切值得我们追求的事物，它们美好却可望而不可即。全诗采用重章叠句，一唱三叹，令人回味无穷。

〔好词好句〕

所谓伊人，在水一方　溯洄从之，道阻且长　溯游从之，宛在水中央

［思考］

（1）诗中的"伊人"可以指什么？

（2）为什么很难找到"伊人"？怎样才能找到呢？

练 习

一、给加点字注音

关关雎鸠（　　　　　）　　　窈窕淑女（　　　　　）

君子好逑（　　　　　）　　　参差荇菜（　　　　　）

寤寐求之（　　　　　）　　　悠哉悠哉（　　　　　）

辗转反侧（　　　　　）　　　琴瑟友之（　　　　　）

蒹葭苍苍（　　　　　）

二、解释下面画线的词语

1. 窈窕淑女（　　　　　　　）

2. 寤寐思服（　　　　　　　）

3. 琴瑟友之（　　　　　　　）

4. 悠哉悠哉（　　　　　　　）

5. 所谓伊人（　　　　　　　）

三、选择填空

1. 在河之（　　　　）

A. 州　　　　　B. 洲　　　　　C. 粥　　　　　D. 舟

2. 求之不（　　　　）

A. 可　　　　　B. 行　　　　　C. 得　　　　　D. 许

3. 一日不见，如隔（　　　　）

A. 三夏　　　　B. 三春　　　　C. 三冬　　　　D. 三秋

4. （　　　）我不往，子宁不嗣音？

A. 为　　　　　B. 纵　　　　　C. 因　　　　　D. 何

5. 《诗经》中的诗歌距今天大约有（　　　）年了。

A. 500　　　　B. 2000　　　　C. 2500　　　　D. 5000

6. 按照（　　　）的不同，《诗经》的内容分为风、雅、颂三类。

A. 音乐　　　　B. 字数　　　　C. 篇幅　　　　D. 人物

7. 《诗经》中的句式多以（　　　）言为主，在结构上常采用重章叠句的形式。

A. 四　　　　　B. 五　　　　　C. 七　　　　　D. 杂

四、请找出《关雎》这首诗中的双声词、叠韵词、重叠词

双声词：_____

叠韵词：_____

重叠词：_____

五、翻译诗句

1. 关关雎鸠，在河之洲。

_____

2. 窈窕淑女，君子好逑。

_____

3. 求之不得，寤寐思服。

_____

4. 悠哉悠哉，辗转反侧。

_____

六、选词填空

> 窈窕淑女　　辗转反侧　　求之不得　　参差不齐　　如隔三秋

1. 从战场上回到家的木兰竟变成了_____，真让伙伴们大吃一惊。

2. 我们班同学学习汉语的时间不一样，所以现在的水平是_____。

3. 昨晚我_____，一直难以入眠，为报考专业的事想了很久很久。

4. 您能到我们那儿做客，那真是_____的好事。

5. 一个星期没有见到好朋友，对她来说简直是_____。

七、《关雎》这首诗中的情感应该属于下面哪一类？请说明你的理由

A. 冷静平淡

B. 热烈而有节制

C. 温柔细腻

D. 激情奔放

八、对照《关雎》，请指出下面这首民歌在写法上和《关雎》的相似之处。也可以介绍一首本国民歌，指出它在形式上的特点

哎呀妈妈

（印尼民歌）

河里水蛭从哪里来，是从那水田向河里游来。

甜蜜爱情从哪里来，是从那眼睛里到心怀。

哎呀妈妈，你可不要对我生气，

哎呀妈妈，你可不要对我生气，

哎呀妈妈，你可不要对我生气，

年轻人就是这样相爱！

九、背诵《关雎》，学唱《子衿》《蒹葭》

扩展阅读

不学《诗》，无以言

《诗经》中的乐歌，原来的主要用途，一是作为各种庆典礼仪的一部分，二是娱乐，三是表达对于社会和政治问题的看法。但到后来，《诗经》成了贵族教育中普遍使

用的文化教材，学习《诗经》成了贵族人士必需的文化素养。

这种教育一方面具有美化语言的作用，特别在外交场合，常常需要摘引《诗经》中的诗句，曲折地表达自己的意思，这叫"赋《诗》言志"，其具体情况在《左传》中多有记载。《论语》记孔子的话说："不学《诗》，无以言。""诵《诗》三百，授之以政，不达；使于四方，不能专对，虽多，亦奚以为?"可以看出学习《诗经》对于上层人士以及准备进入上层社会的人士，具有何等重要的意义。

另一方面，《诗经》的教育也具有政治、道德意义。《礼记·经解》引用孔子的话说，经过"诗教"，可以导致人"温柔敦厚"。《论语》记载孔子的话，也说学了《诗》可以"迩之事父，远之事君"，即学到侍奉君主和长辈的道理。按照孔子的意见（理应也是当时社会上层一般人的意见），"《诗》三百，一言以蔽之，曰：思无邪"。意思就是《诗经》中的作品，全部（或至少在总体上）符合当时社会公认的道德原则，否则不可能用以"教化"。

第三课　读《论语》思人生

你能介绍一下孔子吗？

暨南大学华文学院校内孔子雕塑

孔子（前551—前479），名丘，字仲尼，春秋时期鲁国（今山东曲阜 qūfù）人，中国古代著名的思想家、教育家。作为儒家学派的创始人，孔子倡导仁、义、礼，后来经过孟子等人扩充为"仁义礼智信"，合称"五常"，这"五常"成为中国传统文化中的核心价值观。作为教育家，孔子开创了私人讲学的风气，提出因材施教。为了实现心中的政治理想，他带领弟子周游列国十四年，晚年回到鲁国后修订六经，即《诗》《书》《礼》《乐》《易》《春秋》。相传他有三千弟子，七十二贤人。"天不生仲尼，万古如长夜"，孔子的思想及学说对后世产生了极其深远的影响，后人尊称孔子为"至圣先师""万世师表"。

《论语》是一本什么样的书？

孔子去世后，他的弟子和再传弟子把孔子及其弟子的言行与思想记录下来，整理编成了儒家经典《论语》。《论语》是一部语录体散文集，主要记录了孔子及其弟子的言论。全书共20篇，492章，大概12700字。每章的篇幅都比较短小，有的甚至只有只言片语。

　　《论语》每篇标题取自首章句中的两个字，各篇之间没有时间上的先后顺序，每篇内各章之间也没有共同的主题。

　　《论语》集中地反映了孔子的政治思想、教育思想、美学思想等，它在对话中说道理，言语简单而意义深刻，能带给我们很多人生启示。

"四书五经" 指的是什么？

　　《论语》与《大学》《中庸》《孟子》并称"四书"，再加上《诗经》《尚书》《礼记》《周易》《春秋》等"五经"，总称"四书五经"。古人的学问就从这些典籍中来。

课　文

　　1. 子曰："学而时习之，不亦说^{yuè}乎^{hū}？有朋自远方来，不亦乐乎？人不知而不愠^{yùn}，不亦君子乎？"

（《论语·学而》）

〔注释〕

　　子：古时对男子的尊称。《论语》中的"子曰"都是指孔子说的话。

　　习：反复练习，实践。

　　说：同"悦"，愉快的意思。

　　愠：恼怒。

　　君子：《论语》里，君子是孔子理想中具有高尚人格的人，有时也指在位的人，这里指前者。

〔译文〕

孔子说："学了知识然后常常实践，不也是很愉快吗？有志同道合的人从远方来，不也是很快乐吗？人家不了解我，我却不恼怒，不也是道德上有修养的人吗？"

2. 子曰："敏而好学，不耻下问。"

（《论语·公冶长》）

〔注释〕

耻：以……为耻。
下：指不如自己的人。

〔译文〕

孔子说："聪敏好学，不认为向不如自己的人请教是羞耻的。"

3. 子曰："三人行，必有我师焉；择其善者而从之，其不善者而改之。"

（《论语·述而》）

〔注释〕

三：虚数，极言很多。
焉：在其中，在里面。

[译文]

孔子说:"几个爱好相同的人同行,其中必定有人可以作为我的老师。选择别人好的来学习,看到别人缺点,反省自身有没有同样的缺点,如果有,加以改正。"

4. 子曰:"学而不思则罔,思而不学则殆。"

(《论语·为政》)

[注释]

罔:同"惘",迷惑、茫然不解。
殆:精神疲乏而带来危险。

[译文]

孔子说:"只读书学习而不动脑筋思考,就会迷惑不解而无所得;只凭空思考而不学习,就会精神疲乏而带来危险。"

5. 子曰:"吾尝终日不食,终夜不寝,以思,无益,不如学也。"

(《论语·卫灵公》)

〔注释〕

寝：睡觉。
益：好处。

〔译文〕

孔子说："我曾经整天不吃，整夜不睡，思考问题，但并没有益处，还不如去学习。"

6. 子曰："温<u>故</u>而知新，可以为师矣。"

（《论语·为政》）

〔注释〕

故：指旧的知识。

〔译文〕

孔子说："温习旧的知识，进而懂得新的知识，这样的人可以做老师了。"

7. 子曰："由，<u>诲女</u>知之乎！知之为知之，不知为不知，是<u>知</u>也。"

（《论语·为政》）

〔注释〕

诲：教、传授。

女：通"汝"，你。

知：通"智"，聪明、智慧。

〔译文〕

孔子说："仲由啊，我告诉你对待知与不知的态度吧！知道就是知道，不知道就是不知道，这才是真正的智慧。"

hào

8. 子曰："知之者不如好之者，好之者不如乐之者。"

（《论语·雍也》）

〔注释〕

知：懂得、知道。

好：喜欢、爱好。

乐：以……为乐。

〔译文〕

孔子说："知道学习的人比不上爱好学习的人；爱好学习的人比不上以学习为乐的人。"

9. 曾子曰："吾日三省吾身：为人谋而不忠乎？与朋友交而不信乎？传不习乎？"
（zēng / wú xǐng / wèi / chuán）

（《论语·学而》）

〔注释〕

吾： 我。
三： 多次。
省： 检查、反省自己。
谋： 办事。
传： 老师传授的知识。

〔译文〕

曾子说："我每天多次检查反省自己：为别人出主意做事情，是否忠实呢？和朋友交往，是否真诚讲信用呢？对老师所传授的知识，是否反复练习了呢？"

10. 子曰："贤哉，回也！一箪食，一瓢饮，在陋巷，人不堪其忧，回也不改其乐。贤哉，回也！"
（dān / piáo / lòuxiàng）

（《论语·雍也》）

〔注释〕

箪： 古代盛饭用的竹器。
巷： 这里指颜回的住处。

〔译文〕

孔子说："颜回的品质是多么高尚啊！一竹篮饭，一瓢水，住在简陋的小屋里，别人都忍受不了这种穷困清苦，颜回却没有改变他好学的乐趣。颜回的品质是多么高尚啊！"

11. 子曰："朝 闻道，夕死可矣。"

(《论语·里仁》)

〔注释〕

闻：听闻，明白。
道：大道，指宇宙间的一切法则、道理。对孔子而言，就是指仁义之道。

〔译文〕

孔子说："如果早上明白了大道，那么，就算晚上会死去，也是可以的。"

12. 子曰："见贤思齐焉，见不贤而内自省也。"

(《论语·里仁》)

〔译文〕

孔子说："看到有德行、有才能的人就向他学习，希望能向他看齐；见到没有德行的人就要在内心反省自己有没有和他们一样的缺点。"

13. 子曰："志士仁人，无求生以害仁，有杀身以成仁。"

（《论语·卫灵公》）

〔注释〕

志士：有志向、有抱负的人。
仁人：有仁德的人。

〔译文〕

孔子说："有志之士、贤仁之人，没有因为求生而损害仁义的，有舍生来成全仁义的。"

14. 曾子曰："士不可以不 弘 毅，任重而道远。仁以为己任，不亦重乎？死而后已，不亦远乎？"

（《论语·泰伯》）

〔注释〕

弘毅：宽宏坚毅，刚强，勇毅。意思是抱负远大，意志坚强。

〔译文〕

曾子说："读书人不可不培养远大的抱负、坚强的意志，因为担当的东西重而且道路遥远。以在天下实现'仁'为自己的责任，这样的责任不是很重大吗？到死才停止，这样的道路不是很遥远吗？"

15. 子曰："三军可<u>夺</u>帅也，<u>匹夫</u>不可夺志也！"

（《论语·子罕》）

〔注释〕

夺：强行改变。
匹夫：平民百姓，主要指男子。

〔译文〕

孔子说："军队的主帅可以改变，普通人的志气却不可改变。"

16. 子曰："君子坦荡荡，小人长戚^{qī}戚。"

（《论语·述而》）

〔译文〕

孔子说："君子心胸宽广，神定气安；小人爱斤斤计较，患得患失。"

17. 子曰："君子欲<u>讷</u>^{nè}于言而<u>敏</u>于行。"

（《论语·里仁》）

〔注释〕

讷：（说话）迟钝。
敏：敏捷。

〔译文〕

孔子说:"君子说话要谨慎,行动要敏捷。"

18. 子曰:"人无远虑,必有近忧。"

(《论语·卫灵公》)

〔译文〕

孔子说:"人如果没有长远的谋划,就会有即将到来的忧患。"

19. 子曰:"岁寒,然后知松柏之后 $\overset{b\check{a}i}{柏}$ 之后 $\overset{di\bar{a}o}{彫}$ 也。"

(《论语·子罕》)

〔注释〕

岁寒:一年之中最寒冷的季节。
然:这样。
后彫:挺拔,不凋谢。后:同"不";彫:同"凋",凋零。

〔译文〕

孔子说:"(到了)一年之中最寒冷的季节,这样才知道松树和柏树是不会凋谢的。"

清·丁应宗《岁寒三友图》

20. 子在川上曰："逝者如斯夫，不舍昼夜。"

（《论语·子罕》）

〔译文〕

孔子在河岸上感叹道："时光像流水一样消逝，日夜不停。"

21. 子曰："父母在，不远游，游必有方。"

（《论语·里仁》）

〔注释〕

游：到外地去求学、做官。
方：一定的地方，指不让父母担心的去处。

〔译文〕

孔子说:"父母在世,不出远门,如果要出远门,必须有一定的去处。"

22. 子张问行,子曰:"言忠信,行笃敬,虽 <u>蛮貊</u>(mánmò)之邦,行矣。言不忠信,行不笃敬,虽州里,行乎哉?"

(《论语·卫灵公》)

暨南大学校训"忠信笃敬"

〔注释〕

蛮:南蛮,泛指南方边疆少数民族。
貊:北狄,泛指北方边疆少数民族。

〔译文〕

子张问自己的主张如何能行得通，孔子说："说话忠诚守信，行为敦厚恭敬，即使在蛮貊地区，也行得通。说话不忠信，行为不笃敬，即使在本乡州里，能行得通吗？"

23. 子曰："夫仁者，己欲立而立人，己欲达而达人。"

(《论语·雍也》)

〔译文〕

孔子说："仁者，自己想立，同时也帮助别人能立。自己想达，也帮助别人能达。"

24. 子贡问曰："有一言而可以终身行之者乎？"子曰："其
shù
恕乎！己所不欲，勿施于人。"

(《论语·卫灵公》)

〔注释〕

欲：想做的事。
勿：不要。
施：强加。

〔译文〕

子贡问孔子说："有没有一个字可以终身实行？"孔子说："那就是恕吧！"孔子说："自己不想做的事，不要强加给别人。"

25. 子曰："君子和而不同，小人同而不和。"

(《论语·子路》)

〔译文〕

孔子说："君子在人际交往中能够与他人保持一种和谐友善的关系，但在对具体问题的看法上却有自己的独立见解，而不是人云亦云，盲目附和；小人则没有自己独立的见解，虽然常和他人保持一致，但在内心深处却并不抱有一种和谐友善的态度。"

26. 子曰："吾十有五（yòu）而志于学，三十而立，四十而不惑，五十而知天命，六十而耳顺，七十而从心所欲，不逾矩（yú jǔ）。"

(《论语·为政》)

〔译文〕

孔子说："我十五岁开始有志于做学问，三十岁能独立做事情，四十岁（遇事）能不迷惑，五十岁知道哪些是不能为人力所支配的事情，六十岁能听得进不同的意见，到七十岁做事才能随心所欲，不会超过规矩。"

练 习

一、组词

1. 仁爱　仁（　　　）仁（　　　）仁（　　　）
2. 义务　义（　　　）义（　　　）义（　　　）
3. 礼貌　礼（　　　）礼（　　　）礼（　　　）
4. 智慧　智（　　　）智（　　　）智（　　　）
5. 信用　信（　　　）信（　　　）信（　　　）

二、选择填空

1. 孔子是（　　　）时期鲁国人。

A. 春秋　　　　B. 战国　　　　C. 秦朝　　　　D. 西周

2. 孔子名丘，字仲尼，那么他在家中兄弟的排行是（　　　）。

A. 老大　　　　B. 老二　　　　C. 老三　　　　D. 最小

3. 孔子的言行和思想主要被记录在（　　　）里。

A.《孟子》　　B.《论语》　　C.《尚书》　　D.《周易》

4. "学而时习之，不亦说乎?"的"说"是（　　　）的意思。

A. 说话　　　　B. 喜悦　　　　C. 辩论　　　　D. 音乐

5. 孔子说，要多向周围朋友学习的话语是（　　　）。

A. 见贤思齐　　B. 立己达人　　C. 和而不同　　D. 任重道远

6. "箪食瓢饮"的主人公是孔子的弟子（　　　）。

A. 宰予　　　　B. 曾参　　　　C. 子贡　　　　D. 颜回

7. 孔子说，到了一年之中最寒冷的季节，才知道（　　　）是不会凋谢的。

A. 竹子　　　　B. 松柏　　　　C. 兰花　　　　D. 梅花

8. 暨南大学的校训"忠信笃敬"出自哪里?（　　　）

A.《诗经》　　B.《孟子》　　C.《论语》　　D.《庄子》

9. 孔子告诉弟子可以终身奉行的一个字是（　　　）。

A. 恕　　　　　B. 学　　　　　C. 仁　　　　　D. 思

10. 他今年四十岁了，也可以说，他今年进入（　　　）了。

A. 而立之年　　B. 不惑之年　　C. 耳顺之年　　D. 知命之年

三、翻译句子

1. 朝闻道，夕死可矣。

_____

2. 父母在，不远游，游必有方。

_____

3. 敏而好学，不耻下问。

_____

4. 温故而知新。

_____

5. 己所不欲，勿施于人。

_____

6. 见贤思齐焉，见不贤而内自省也。

_____

四、填空

1. "十月庚子孔子生"，孔子的生日是公元前 551 年 9 月 28 日，今年是孔子诞辰 _____年。

2. 学而时习之，_____？有朋自远方来，_____？

3. _____，思而不学则殆。

4. _____，_____，是知也。

5. 三人行，_____。

6. 三军可夺帅也，_____！

7. 岁寒，_____。

8. _____，必有近忧。

9. _____不如好之者，好之者不如_____。

10. 己欲立而立人，_____。

五、遇到以下人名该怎么读？想一想这些名字有什么含义

王朝闻   王任重   李敏/李讷   陈省身   于省吾   孙立人   陈学松

六、选词填空

温故知新 见贤思齐 任重道远 和而不同 三十而立
不耻下问 人无远虑，必有近忧 己所不欲，勿施于人

1. 爷爷虽然退休了，但他仍坚持自学英语，不断向年轻人请教。他这种_____的学习态度值得我们学习。

2. 在一般人看来，_____，意味着你在这个年龄就该成家立业了。

3. 我们要＿＿＿＿＿＿，学习别人的优点来提高自己的能力。

4. 要改变家乡的面貌，青年人＿＿＿＿＿＿，需要持续的努力和坚定的决心。

5. 我每天晚上都会抽出时间＿＿＿＿＿＿，一方面复习白天学到的知识，另一方面通过反思收获新的认知。

6. 在国与国的交往、人与人的相处中，都可以运用到＿＿＿＿＿＿的理念。

7. ＿＿＿＿＿＿，你要提前做好打算，规划好目标。

8. 面对别人的爱好和选择，即使我们观点不同，也要能彼此尊重，懂得＿＿＿＿＿＿＿＿＿＿。

七、留学生阿里很喜欢引用孔子说的话，请你替他把"子曰"后面的话语补充完整

1. 你们如果没听明白就要问老师啊，不能当南郭先生，因为"子曰……"

＿＿＿＿＿＿＿＿＿＿＿＿＿＿＿＿＿＿＿＿＿＿＿＿＿＿

2. 欢迎各国朋友来广州参加广交会，因为"子曰……"

＿＿＿＿＿＿＿＿＿＿＿＿＿＿＿＿＿＿＿＿＿＿＿＿＿＿

3. 我要向同宿舍的室友学习，因为"子曰……"

＿＿＿＿＿＿＿＿＿＿＿＿＿＿＿＿＿＿＿＿＿＿＿＿＿＿

4. 只有热爱你的专业，在快乐中学习，才不会感到疲倦，因为"子曰……"

＿＿＿＿＿＿＿＿＿＿＿＿＿＿＿＿＿＿＿＿＿＿＿＿＿＿

八、《论语》中的人生智慧，你最喜欢哪几条？请谈谈你的理解，将音频或视频分享在课群中

扩展阅读

有关孔子的故事

1. 韦编三绝

孔子到了晚年，很喜欢读《周易》。但春秋那个时期没有纸，字是写在一片片竹简上的，每一部书都要用到许多竹简，而且要用熟牛皮绳子把这些竹简连在一起才能阅读。平时竹简卷起来放着，阅读时就打开来。《周易》的文字艰涩，内容不容易懂，孔子就翻来覆去地读，这样读来读去，把连接竹简的牛皮绳子都磨断了许多次。即使读到了这样的地步，孔子还是不满意，说："如果我能多活几年，我就可以多理解些《周易》的文字和内容了。"

成语"韦编三绝"就由此而来。"韦编"，就是用熟牛皮绳把竹简编联起来；"三"是概数，表示多次；"绝"是断的意思。"韦编三绝"是说编连竹简的皮绳断了多次，比喻读书非常勤奋。

2. 三月不知肉味

孔子很喜欢音乐。有一次，他在齐国听到流行于贵族当中的古乐——《韶》乐，不禁被深深地吸引，十分痴迷，以至于他在很长时间内都品尝不出肉的滋味。孔子说："想不到《韶》乐的美达到了这样迷人的地步。"

"三月不知肉味"，现在用来形容注意力全部集中在一件事情上，别的事都不放在心上。

3. 鲁国之法

鲁国有一条法律规定：鲁国人在其他诸侯国做了奴隶，有能力把他们赎回来的人，就可以从官府领取赎金。有一次，孔子的学生子贡从诸侯家赎回了一个鲁国人，回国后却不肯接受国家给他的赎金。孔子说："赐（子贡的名）啊，你的做法错了。圣人做事可以移风易俗，教化百姓，不只是自己行为高尚就行了。现在，鲁国的富人少而穷人多，你收下赎金并不损害你的道德，而你不肯拿回你的赎金，就不能鼓励其他人再替同胞赎身了。"

又有一次，子路救起了一名溺水的人，那人送了一头牛感谢子路，子路接受下来。孔子高兴地说："以后鲁国一定会有很多敢于救落水者的人了。"

第四课　听庄子讲寓言

庄子是谁？

庄子（约前369—前286），名周，宋国蒙人（今安徽亳州蒙城人）。庄子是老子之后道家学派的重要代表人物，是一位伟大的文学家和哲学家，后世将老子与他并称为"老庄"。

传说庄子曾经做过一个小官，但家境贫寒，生活艰苦，住在一条破败的巷子里，面黄肌瘦，去拜见魏王时，身上还穿着打补丁的衣服，脚上穿着草鞋。楚威王想请他去当大官，可他竟然拒绝了！他说："你见过祭祀典礼上的那头牛吗？以前这头牛天天被人好吃好喝地养着，但有一天要被杀掉时，再想做一只满地乱跑的小猪也不可能了。我宁愿做一只在泥水中游戏的龟，也不愿做随时可能被人杀掉的牛。"

庄子像

《庄子》 是本什么书？

《庄子》为道家经典之一，今存33篇，分内7篇、外15篇、杂11篇。一般认为内篇是庄子自己写的。

《庄子》一书大量采用"寓言"的形式来讲道理，寓言占了十之八九，现在统计有180余则。《庄子》寓言想象丰富，生动形象，增强了文章的浪漫色彩和说服力、感染力。

在《庄子》看似"荒唐之言"的背后，是作者对现实苦难、人世艰险、人性异化的揭示和批判，以及对无待逍遥、绝对自由的人格理想的积极追求，对"至德之世"

"建德之国"社会理想的热切向往。有人认为"秦汉以来的一部中国文学史差不多大半在庄子的影响之下"。

课　文

---

1. 东施效颦^{pín}

西施病心而颦其里，其里之丑人见而美之，归亦捧心而颦其里。其里之富人见之，坚闭门而不出；贫人见之，挈^{qiè}妻子而去之走。彼知颦美，而不知颦之所以美。

（《庄子·天运》）

〔注释〕

东施：越国的丑女，代指丑妇。
效：效仿，模仿。
颦：同"矉"，皱眉头的意思。
西施：中国古代四大美女之一。
里：古代五家为邻，五邻为里。
坚：紧紧地。
挈：带领。
妻子：指妻子和孩子。
去：离开。
走：跑。

〔译文〕

西施经常心口疼痛，皱着眉头从邻里走过，同村一个丑妇人看见西施的样子，觉得很美，便像西施一样捂着胸口皱着眉头，走到街上。村里的富人看见她这副怪样子，都紧闭大门不愿出来；穷人见了，带着妻子儿女，远远避开。那个丑妇只看到西施捧心皱眉的样子很美，却不知道为什么美啊。

〔赏析〕

东施只知道西施捧心皱眉的样子很美，却不知道她为什么很美，而去简单模仿她的样子，结果反被人讥笑。所以，每个人都要根据自己的特点，扬长避短，寻找适合自己的形象，盲目模仿别人的做法是愚蠢的，反而会弄巧成拙。

〔思考〕

东施为什么会被大家厌恶？

2. 浑沌之死 / 浑沌开窍

hún

南海之帝为倏，北海之帝为忽，中央之帝为浑沌。倏与忽时
dì shū
相与遇于浑沌之地，浑沌待之甚善。倏与忽谋报浑沌之德，
　　　　shèn　　　　　　　móu
曰："人皆有七窍，以视听食息，此独无有，尝试凿之。"日凿
jiē qiào　　　　　　　　　　záo

一窍，七日而浑沌死。

（《庄子·应帝王》）

〔注释〕

浑沌、倏、忽：人名，具有寓言性质。倏和忽都是短暂的意思。浑沌即纯朴自然之意。

时：时常，常常。

相与：相互，一起。

甚善：很好。

谋：商量。

报：报答。

七窍：指一口、两耳、两目、两鼻孔。

视听食息：看、听、吃、呼吸。

凿：打孔。

〔译文〕

（在传说中）南海的君王叫作"倏"，北海的君王叫作"忽"，中央的帝王叫作"浑沌"。倏和忽常常一起在浑沌的居地相遇，浑沌待他们很好，倏与忽商量着报答浑沌的恩德，说："人都有七窍，用来看（外界）、听（声音）、吃（食物）、呼吸（空气），唯独浑沌没有七窍，（让我们）试着给他凿出七窍。"于是倏和忽每天替浑沌开一窍，到了第七天，浑沌就死了。

〔赏析〕

庄子用这个故事来表明其"清净无为""顺物自然"的社会政治理想。故事本身启示人们，不论做什么事情，都应该根据实际情况，尊重客观规律，不能只从主观想象和主观意愿出发。有时，美好的愿望并不能带来美好的结果，甚至会适得其反。

〔思考〕

浑沌为什么会死掉？

3. 蜗角之争

wō

有国于蜗之左角者，曰触氏；有国于蜗之右角者，曰蛮氏。

shì　　　　　　　　　　　　　mán

时相与争地而战，伏尸数万，逐北，旬有五日而后反。

shī　　　　　xúnyòu

（《庄子·则阳》）

〔注释〕

逐北：追逐败兵。
旬：十日为一旬（一个月分三旬）。
反：同"返"。

〔译文〕

蜗牛的角上有两个国家，左角上的叫触国，右角上的叫蛮国。这两个国家经常为争夺土地而发生战争。每次战争后，倒伏在地的尸首有几万具；取胜的国家追赶败军，常常要十五天才能够返回。

〔赏析〕

蜗角之争

蜗牛很微小，它两只角上的国家，还要不停征战，很可笑吧？

对宇宙来说，我们生存的地方，不也是小得可怜吗？我们人类为了如微尘般的国土不停征战，不也是很可笑吗？

在大千世界中，我们都是很渺小的。我们要珍惜生命，珍惜这个世界。

蜗角之争，后用来比喻为了极小的事物而引起大的争执。

〔思考〕

蜗角之争想告诉我们什么道理？

4. 濠梁之辩
háoliáng

庄子与惠子游于濠梁之上。庄子曰："儵鱼出游从容，是鱼之乐也。"惠子曰："子非鱼，安知鱼之乐？"庄子曰："子非我，安知我不知鱼之乐？"惠子曰："我非子，固不知子矣；子固非鱼也，子之不知鱼之乐，全矣！"庄子曰："请循其本。子曰'汝安知鱼乐'云者，既已知吾知之而问我，我知之濠上也。"

（《庄子·秋水》）

〔注释〕

濠梁：濠水上的桥。**濠**：水名，在现在安徽凤阳。

鲦鱼：一种银白色的淡水鱼，喜欢在水层下面游动，长约 16 厘米，又名白鲦。

从容：悠闲自得。

非：不是。

固：固然（固不知子矣），本来（子固非鱼也）。

全：完全，确定是。

循其本：从最初的话题说起。**循**：顺着。**本**：最初。

安：怎么，哪里。

〔译文〕

庄子和惠子一起在濠水的桥上游玩。庄子说："鲦鱼在河水中游得多么悠闲自得，这是鱼的快乐啊。"惠子说："你又不是鱼，哪里知道鱼是快乐的呢？"庄子说："你又不是我，怎么知道我不知道鱼是快乐的呢？"惠子说："我不是你，固然不知道你（的想法）；你本来就不是鱼，你不知道鱼的快乐，这是可以完全确定的。"庄子说："让我们回到最初的话题，你开始问我'哪里知道鱼是快乐的'的话，就说明你很清楚我知道，所以才来问我是从哪里知道的。现在我告诉你，我是在濠水的桥上知道的。"

〔赏析〕

惠施是先秦名家的代表人物，和庄子既是朋友，又是论敌。《庄子》一书记载了他们之间的许多辩论，这只是其中的一次。这个故事是很有名的，受到古今中外读者的欣赏。他们的辩论究竟谁是谁非，谁输谁赢，历来智者见智，仁者见仁。名家是研究逻辑的，从逻辑上说，似乎惠施占了上风，因为人和鱼是不同类的，人怎么知道鱼的心理呢？但从审美体验上说，庄子也是有道理的，任何动物的动作、表情，是痛苦或是快乐，人是可以凭观察感受到的。

惠子好辩、重分析，对于事物有一种寻根究底的认知态度，重在知识的探讨；庄子智辩、重观赏，对外界的认识带有欣赏的态度，将主观的情意发挥到外物上而产生移情同感的作用。如果说惠子带有逻辑家的个性，那么庄子则具有艺术家的风貌。

[思考]

庄子和惠子的辩论从逻辑上来说谁赢了？他们的观点到底有什么区别？代表了怎样的人生态度？

濠梁之辩（温馨绘）

5. 庄周梦蝶

昔者庄周梦为胡蝶，栩栩然胡蝶也，自喻适志与，不知周也。俄然觉，则蘧蘧然周也。不知周之梦为胡蝶与？胡蝶之梦为周与？周与胡蝶，则必有<u>分</u>矣，此之谓<u>物化</u>。

（《庄子·齐物论》）

〔注释〕

栩栩然：形容生动传神的样子。
喻：通"愉"，愉快。
适志：合乎心意，心情愉快。
与：同"欤"，表示感叹，跟"啊"相同。
俄然：一会儿，突然。
觉：醒来。
蘧蘧然：惊疑的样子。
分：区分、区别。
物化：物我的交合与变化。此处意思为，万事万物都是道的化身，大道时而化为庄周，时而化为蝴蝶，最后都是要合而为一的。

〔译文〕

过去庄周梦见自己变成蝴蝶，很生动逼真的一只蝴蝶，感到多么愉快和惬意啊！不知道自己原本是庄周。他突然醒过来，惊疑之间才知道原来我是庄周。不知道是庄周梦中变成了蝴蝶，还是蝴蝶梦见自己变成了庄周呢？庄周与蝴蝶必定是有区别的，这就叫作物我的交合与变化。

〔赏析〕

庄周一日睡觉时突然做了一个梦，梦中自己变成了一只蝴蝶，庄子若有所悟，便用这一篇文章记载那种逍遥愉悦的境界。在一般人看来，一个人在醒时的所见所感是真实的，梦境是幻觉，不真实的。庄子却不以为然。虽然醒是一种境界，梦是另一种境界，二者是不相同的；庄周是庄周，蝴蝶是蝴蝶，二者也是不相同的。但在庄周看

059

来，它们都只是一种现象，是道在运动中的一种形态、一个阶段而已。

　　庄子通过这个简单的寓言提出了生死物化，以及人不可能确切地区分真实与虚幻的观点。

庄周梦蝶（2021 级印度尼西亚学生　萧钰欣绘）

〔思考〕

在道家看来，庄子和蝴蝶有区别吗？

6. 鼓盆而歌

　　庄子妻死，惠子吊之，庄子则方箕踞鼓盆而歌。惠子曰："与人居长子，老身死，不哭亦足矣，又鼓盆而歌，不亦甚乎！"

　　庄子曰："不然。是其始死也，我独何能无概然！察其始而本无生，非徒无生也，而本无形，非徒无形也，而本无气。杂乎

mángwù
芒 芴之间，变而有气，气变而有形，形变而有生，今又变而之

yǎn　　　　　　　　　　jiào
死，是相与为春秋冬夏四时行也。人且偃然寝于巨室，而我噭噭

然随而哭之，自以为不通乎命，故止也。"

(《庄子·至乐》)

〔注释〕

惠子：即惠施，战国时宋国人，哲学家，庄子好友。

吊：吊唁，吊丧。

箕踞：一种不太礼貌的坐姿，两腿张开，平伸出去，坐在地上。

鼓：乐器名，此处作动词，击打、敲击。

概：通"慨"，感叹。

非徒：不但、不仅。徒：只、仅仅。

芒芴：同"恍惚"。形容不可辨认，不可捉摸。

偃：躺倒。

噭噭然：形容声音响亮。噭：同"叫"，呼喊，鸣叫。

〔译文〕

　　庄子的妻子死了，惠子（惠施）前往庄子家吊唁，只见庄子岔开两腿，像个簸箕似的坐在地上，一边敲打着瓦缶一边唱着歌。惠子说："你跟妻子共同生活，生儿育女，白头偕老，现在妻子死了，不伤心哭泣也就算了，还敲着瓦缶唱起歌来，也太过分了吧！"

　　庄子说："并非如此，我妻子初死之时，我怎么能不感慨伤心呢？然而仔细考察她原本就不曾出生，不仅不曾出生而且本来就不曾具有形体，不仅不曾具有形体而且原本就不曾形成气息。夹杂在恍恍惚惚的境域之中，变化而有了元气，元气变化而有了形体，形体变化而有了生命，如今变化又回到死亡，这就跟春夏秋冬四季运行一样。

死去的那个人将静静地躺卧在天地之间，而我却呜呜地围着她啼哭，自认为这是不能通晓于天命，所以也就停止了哭泣。"

[赏析]

妻子死了，庄子鼓盆而歌，这并不是因为他不爱自己的妻子，而是因为他对生死的乐观态度。他认为，人的生命是由于气的聚集，人的死亡是由于气的离散，生死的过程不过是像四季的运行一样不可避免，所以人死了就要顺应自然、顺其自然，活着的人既不要痛苦，也不要为了丧礼而铺张浪费。

中国人把结婚叫红喜事，把寿终正寝叫白喜事，合起来叫红白喜事，不能不说是受到庄子生死观的一定影响。

[思考]

为什么妻子死了庄子却鼓盆而歌呢？你怎么看待庄子的这种行为？

7. 运斤成风

庄子送葬，过惠子之墓，顾谓从者曰："郢(yǐng)人垩(è)慢其鼻端，若蝇翼，使匠石斫(zhuó)之。匠石运斤成风，听而斫之，尽垩而鼻不伤，郢人立不失容。宋元君闻之，召匠石曰：'尝试为寡人(guǎ)为之。'匠石曰：'臣则尝能斫之。虽然，臣之质死久矣。'自夫子之死也，吾无以为质矣！吾无与言之矣。"

（《庄子·徐无鬼》）

〔注释〕

运：挥动，抡。

斤：斧子一类的工具。

郢：古地名，春秋战国时楚国的国都，在今湖北省江陵北。

垩：石灰（一说白色的土）。

慢：通"墁"，涂抹，弄脏。

匠石：一个名叫石的匠人。

斫：砍，削，清除。

听：任意，听任。

尽：去尽，使……干净。

容：仪容。

召：召见。

为₁：给，替。

寡人：君主的自称，春秋战国时期常用。

为₂：做。

虽然：即使这样。

质：对手、搭档，此处指"郢人"。

夫子：先生，这里是对惠子的尊称。

〔译文〕

庄子送葬，经过惠子的墓地，回过头来对跟随的人说："郢地有一个泥瓦匠，在干活时，有一点像苍蝇翅膀一样薄的白泥飞溅到他的鼻尖上，让匠石用斧子砍削掉这一个小白点。匠石挥动斧子呼呼作响，漫不经心地砍削白点，鼻尖上的白泥完全除去而鼻子一点也没有受伤，郢地的人站在那里也若无其事不失常态。宋元君知道了这件事，召见匠石说：'你为我也这么试试。'匠石说：'我确实曾经能够砍削掉鼻尖上的小白点。即使如此，我的搭档已经死去很久了。'自从惠子离开了人世，我没有可以匹敌的对手了！我没有可以与之论辩的人了！"

〔赏析〕

　　这是庄子路过惠子墓前讲的一则寓言。通过这则寓言，庄子表达了自己对惠子的怀念。郢人信赖匠石，才能让匠石削去自己鼻尖上的污渍，并且在匠石的利斧挥动之下，面不改色心不跳，匠石得以发挥卓越本领，郢人的信任是必不可少的条件。这则寓言告诉人们，对朋友要以诚相托，以心相印；信赖，能够产生力量；信赖，能够创造奇迹。

　　庄子讲这个故事，不是为了介绍匠石的绝技，而是为了说明高超的技艺还须有相应的对手配合，以此表示对去世好友惠子的悼念。

〔思考〕

　　（1）庄子讲这个故事的目的是什么？表现了庄子怎样的心情？

　　（2）你还能从"运斤成风"这个故事中读出别的什么意味？试试看。

（2018 级印度尼西亚学生　谢承良绘）

$$练\ 习$$

一、选择填空

1. 我听过"_____效颦"这个故事。

A. 东施　　　B. 惠施　　　C. 西施　　　D. 北施

2. "庄周_____蝶"给我们带来很多有关人生的思考。

A. 赏　　　　B. 捉　　　　C. 画　　　　D. 梦

3. 浑沌开_____后的结果说明适得其反。

A. 口　　　　B. 窍　　　　C. 眼　　　　D. 孔

4. 庄子的妻子死了，可是他却鼓盆而_____，你能理解吗？

A. 歌　　　　B. 唱　　　　C. 说　　　　D. 哭

5. 关于庄子和惠子的濠梁之_____，历来智者见智，仁者见仁。

A. 争　　　　B. 谈　　　　C. 辩　　　　D. 辨

6. 这个工作的要求很高，没有运_____成风的本领就很容易出差错。

A. 斧　　　　B. 斤　　　　C. 剑　　　　D. 刀

二、解释下面画线的词语

1. 其里之丑人见而美之。（　　　　　　　　　）

2. 贫人见之，挈妻子而去之走。（　　　　　　　　　）

3. 日凿一窍，七日而浑沌死。（　　　　　　　　　）

4. 逐北，旬有五日而后反。（　　　　　　　　）

5. 鲦鱼出游从容，是鱼之乐也。（　　　　　　　　）

6. 子非鱼，安知鱼之乐？（　　　　　　　）

7. 虽然，臣之质死久矣。（　　　　　　　）

三、回答问题

1. 东施的"丑"从文中哪一句可以看出？

2. 倏和忽为什么要给浑沌开窍？

3. 庄子做了一个什么梦？

4. 惠子看到庄子鼓盆而歌后是怎么说的？

5. 读了"濠梁之辩"后，你对哪个句子印象最深刻？

四、请将下列现代语句替换为古文表达，体会二者不同

1. 她知道皱眉的样子很美，但不知道为什么皱眉很美。

_____

2. 每个人都有七窍，可以用来看世界、听声音、吃东西和呼吸空气。

_____

3. 你不是鱼，怎么知道鱼儿的快乐？

_____

4. 现在妻子死了，不伤心哭泣也就算了，又敲着瓦缶唱起歌来，也太过分了吧！

_____

5. 匠石挥动斧子呼呼作响，任意地砍削白点，鼻尖上的白泥完全除去了，而鼻子却一点也没有受伤。

_____

五、根据自己的理解填空

1. 东施效颦的结果是：富人_____，贫人_____。
2. "浑沌之死"的故事告诉我们，_____。
3. 读了"蜗角之争"这个故事，我明白了_____。
4. 在"濠梁之辩"中，庄子从_____的思维角度，惠子从_____的思维角度展开了一场辩论。
5. "庄周梦蝶"这个故事表现了_____。
6. 庄子鼓盆而歌，表现了_____。
7. "运斤成风"中匠人跟宋元君所说之话的意思是_____。

六、选词填空

> 东施效颦　　栩栩如生　　七窍生烟　　蜗角之争　　运斤成风

1. 她气质不好，再怎么模仿明星，也只不过是_____罢了。
2. 听了他的话，那个人气得_____，真想立刻离开。
3. 为了一丁点利益，他们两家就展开了激烈的竞争，这完全是一场_____。

4. 他笔下的蝴蝶_____，仿佛要飞起来了。

5. 这位大师能在这么小的核桃上雕刻出大大小小几十个人物，没有_____的自信是办不到的。

七、分组表演"濠梁之辩"（或"东施效颦""运斤成风"），先写出剧本，看看哪一组表演得最精彩

（庄子和惠子一起在濠水的桥上游玩。）

庄子："快看，快看！这些鲦鱼游得多么从容自在，这就是鱼儿的快乐啊！"

惠子："哎，你又不是鱼，你哪里知道鱼儿的快乐呢？"

庄子："老弟，你不是我，怎么知道我不知道鱼儿的快乐呢？"

惠子："嗯嗯，我不是你，当然不知道你的想法和感受；那……你也不是鱼，当然也就不知道鱼儿的快乐，这不就对了吗？"（露出扬扬得意的神情）

庄子："等等……（捋了捋自己的胡子）让我们顺着先前的话再来看一看。你刚才说'你哪里知道鱼儿的快乐'这句话，就是说你已经知道我知道鱼儿的快乐，还来问我'你哪里知道？'，那我就告诉你吧，我呀，是在濠水的桥上知道的！"

惠子：……

第五课 西楚霸王项羽

导 读

《史记》的作者——司马迁

司马迁像

　　司马迁（前145—?），字子长，夏阳（今陕西韩城）人，西汉著名史学家、文学家。他的父亲司马谈学识渊博，被任命为太史令，职责之一就是要记载历史，编写史书。父亲不但教他识字读书，还给他请来名师教授学问。读万卷书，还要行万里路。20岁时司马迁开始游历全国，接触实际，扩大眼界，增长知识，结交朋友。父亲死后，司马迁继承父业，也做了太史令，42岁时开始编写《史记》。后来，因为替李陵败降匈奴之事辩解而得罪了汉武帝，遭受到令人耻辱的宫刑。这件事对他的打击和伤害很大，但为了完成《史记》的写作，司马迁选择了隐忍苟活，发愤著书。大约于公元前91年，即他55岁时，经过长达10年左右的艰苦奋斗，终于完成了后来闻名中外的巨著《史记》。

《史记》——第一部纪传体通史

　　《史记》是中国历史上第一部纪传体通史，位列中国"二十四史"之首，记载了从传说中的黄帝开始一直到汉武帝元狩元年（前122）长达3000多年的历史。全书130篇，52万余字，包括十二本纪、十表、八书、三十世家、七十列传，《史记》的"五体"结构写作体例成为后代史书模仿的榜样。《史记》不仅是一部历史著作，同时也是一部文学著作，因而鲁迅先生赞誉其为"史家之绝唱，无韵之《离骚》"。"史家之绝唱"，意味着《史记》是历史方面的巅峰之作，后代再没有谁能超越；"无韵之《离骚》"，意味着《史记》虽然不是有韵的诗歌，但在文学成就上可以与《离骚》相提并论。后世的人们崇敬司马迁，尊称其为"史圣"。司马迁的《史记》在问世千载之后仍然散发着永恒的魅力。

所谓"纪传体"，是指以人物传记为中心来叙述史实，这主要表现在本纪、世家和列传上。本纪是记述帝王的，世家是记述诸侯功臣的，列传记述历史上的重要人物，以上三个部分都以"人"为中心，体现了司马迁对历史的发展主体"人"的看重。

西楚霸王——项羽

项羽没有当过皇帝，之所以能够进入本纪，是因为司马迁认为项羽是推翻秦王朝的主要力量。推翻秦王朝之后，项羽自称西楚霸王，分封天下，刘邦的汉王还是项羽封的，所以司马迁并不因为项羽被刘邦打败而贬低他，而是将没有做过皇帝的项羽归入了本纪。《史记·项羽本纪》通过秦末农民大起义和楚汉相争的历史场面，生动又深刻地描述了项羽的一生。司马迁抓住项羽一生中四个关键性事件：起义反秦、巨鹿之战、鸿门宴、垓下之围，展示了项羽这位具有传奇色彩的英雄人物的悲剧历史。

在司马迁的笔下，项羽勇猛有余，但智谋

项羽力能扛鼎（温馨绘）

不足；粗豪率直，却又缺乏政治头脑，他既是战场上奔腾驰骋、所向无敌的勇士，又是政治斗争中的失败者，可爱而又可悲，是英雄而又有悲剧性。司马迁巧妙地把项羽性格中矛盾的各个侧面，有机地统一于这一鸿篇巨制之中，虽然不乏深刻的批判，但更多的却是由衷的惋惜和同情。

课　文

1. 取而代之、力能扛鼎 (gāngdǐng)

　　项籍者，下相人也，字羽。初起时，年二十四。其季父项梁，梁父即楚将项燕 (yān)，为秦将王翦 (jiǎn) 所戮 (lù) 者也。项氏 (shì) 世世为楚将，封于项，故姓项氏。

　　项籍少 (shào) 时，学书不成，去；学剑，又不成。项梁怒之。籍曰："书，足以记名姓而已。剑，一人敌，不足学，学万人敌。"于是项梁乃教籍兵法，籍大喜，略知其意，又不肯竟学……

　　秦始皇帝游会稽 (kuài jī)，渡浙江，梁与籍俱观。籍曰："彼可取而代也。"梁掩其口，曰："毋妄言 (wú wàng)，族矣！"梁以此奇籍。籍长八尺余，力能扛鼎，才气过人，虽吴中子弟皆已惮 (jiē dàn) 籍矣。

〔注释〕

力能扛鼎：形容力气特别大。**扛**：用双手举起沉重的东西。**鼎**：三足两耳的青铜器。

下相：今江苏宿迁西。

季父：最小的叔叔。古代以伯、仲、叔、季来表示兄弟间的排行顺序，伯为老大，仲为老二，叔为老三，季排行最小。

戮：杀。

项：今河南项城。

敌：抵挡。

略：略微，稍微。

竟：完毕，完成。

会稽：今浙江绍兴。

彼：那个；对方，他。

掩：掩蔽，遮盖。

妄言：瞎说话，乱说话。

族：灭族，古代的一种残酷刑法。

虽：即使。

吴中：今江苏苏州。

惮：害怕，畏惧。

〔译文〕

项籍是下相人，字羽。开始起事的时候，他二十四岁。项籍的叔父是项梁，项梁的父亲是项燕，就是被秦将王翦所杀害的那位楚国大将。项氏世世代代做楚国的大将，被封在项地，所以姓项。

项籍小的时候曾学习写字识字，没有学成就不学了；又学习剑术，也没有学成。项梁对他很生气。项籍却说："写字，能够用来记姓名就行了；剑术，也只能敌一个人，不值得学。我要学习能敌万人的本事。"于是项梁就教项籍兵法，项籍非常高兴，可是刚刚懂得了一点儿兵法的大意，又不肯学到底了。……

秦始皇游览会稽郡，渡浙江时，项梁和项籍一块儿去观看。项籍说："那个人，我可以取代他！"项梁急忙捂住他的嘴，说："不要胡说，要满门抄斩的！"但项梁却因此而感到项籍很不一般。项籍身高八尺有余，力大能举鼎，才气超过常人，即使是吴中当地的年轻人也都很惧怕他了。

[赏析]

项羽是将门之子，少年气盛，力能扛鼎，才气超群。他胸怀大志，面对不可一世的秦始皇，敢于喊出"彼可取而代也"的豪言壮语。

但是他也从小表现出容易自满的缺点。你看他小时候"学书不成，去；学剑，又不成"。叔父项梁很生气，项羽却说"书，足以记名姓而已。剑，一人敌，不足学，学万人敌"。读到这里，我们可能会惊讶于项羽小小年纪就有如此抱负。但当项梁教他兵法时，他也是浅尝辄止，自满的缺点就暴露出来了。

[思考]

（1）这段文字表现了项羽怎样的性格特点？

（2）给人物写传记时，司马迁是从哪些方面写起的？

2. 破釜沉舟
（fǔ）

项羽乃悉（xī）引兵渡河，皆沉船，破釜甑（zèng），烧庐舍，持三日粮，以示士卒必死，无一还（huán）心。

[注释]

釜：锅。

悉：全部。

引兵：带兵。

河：这里指漳河。

甑：做饭用的一种瓦器。

庐舍：房屋，住宅。

还：后退。

〔译文〕

项羽就带领军队渡过黄河，把船全部沉入河中，砸破做饭的锅，烧了住处，只带三天的干粮，用以表示士兵一定战死，没有一个想逃跑。

〔赏析〕

秦朝末年，各地人民纷纷揭竿起义，反抗秦朝的暴虐统治。农民起义军的领袖，最著名的是陈胜、吴广，接着有项羽和刘邦。

秦国的三十万人马包围了赵国的巨鹿（今河北省平乡县），赵王连夜向楚怀王求救。楚怀王派宋义为上将军，项羽为次将军，带领二十万人马去救赵国。谁知宋义听说秦军势力强大，走到半路就停了下来，不再前进。军中没有粮食，士兵用蔬菜和杂豆煮了当饭吃，他也不管，只顾自己举行宴会，大吃大喝的。这一下可把项羽气坏了，他杀了宋义，自己当了"上将军"，带着部队去救赵国。

项羽先派出一支部队，切断了秦军运粮的道路；他亲自率领主力过漳河，解救巨鹿。楚军全部渡过漳河以后，项羽让士兵们饱饱地吃了一顿饭，每人再带三天干粮，然后传下命令：把渡河的船凿（záo）穿沉入河里，把做饭用的锅砸个粉碎，把附近的房屋放把火统统烧毁，这就叫破釜沉舟。项羽用这办法来表示他有进无退、一定要夺取胜利的决心。

楚军士兵见主帅的决心这么大，就谁也不打算再活着回去了。在项羽亲自指挥下，他们以一当十，以十当百，拼死地向秦军冲杀过去，经过连续九次冲锋，把秦军打得大败。秦军的几个主将，有的被杀，有的当了俘虏，有的投了降。这一仗不但解了巨鹿之围，而且把秦军打得再也振作不起来，过两年，秦朝就灭亡了。

后来人们用"破釜沉舟"比喻下定决心彻底干一场，不达目的决不罢休。

［思考］

想一想，下面的这副对联中用了哪两个典故？主要表达什么意思？

有志者、事竟成，破釜沉舟，百二秦关终属楚；

苦心人、天不负，卧薪尝胆，三千越甲可吞吴。

3. 衣绣夜行、沐猴而 冠（guàn）

居数日，项羽引兵西屠（tú）咸阳，杀秦 降（xiáng）王子婴，烧秦宫室，火三月不灭；收其货宝妇女而东。人或说（shuì）项王曰："关中阻山河四塞（dū都），地肥饶，可都以霸。"项王见秦宫皆以烧残破，又心怀思欲东归，曰："富贵不归故乡，如衣绣夜行，谁知之者！"说者曰："人言楚人沐猴而冠耳，果然。"项王闻之，烹（pēng）说者。

［注释］

沐猴而冠： 沐猴（猕（mí）猴）戴帽子，装成人的样子。比喻装扮得像个人物，而实际并不像。

居： 用在时间词语之前，表示相隔一段时间，"历、经、过了"的意思。

屠： 屠杀，故意对人进行的一种大量杀戮行为。

咸阳： 今陕西西安市西。

子婴： 秦朝最后一位统治者，在位46天。

说：游说，劝说。

阻：有……作为屏障。

四塞：四面都有要塞可守。

都：建都。

以：而。

衣绣夜行：穿着精美鲜艳的锦绣衣服于夜间上街行走。比喻人富贵以后不为人知。

烹：放在锅里煮死。是古代的一种酷刑。

〔译文〕

过了几天，项羽带兵向西到咸阳屠城，杀了已经投降的秦王子婴，并且放火烧了秦朝的宫殿，大火烧了三个月还不灭。然后，项羽就带着抢来的宝贝和女人东归。有人向项羽建议说："关中之地，四周有山河阻隔，土地肥沃，可以在此建立都城，以成霸业。"项羽看到秦朝的宫室已经被烧得残破不全，心里面又想回家，就说："取得富贵而不回家乡，就像穿着好看的衣服在夜里走路一样，有谁知道呢？"提建议的人就说："别人都说楚国人是猕猴戴了人的帽子，只装扮得很像样，果然是这样！"项王听见这话，把那个人扔进锅里煮了。

〔赏析〕

秦朝末年，刘邦、项羽等起兵反秦。刘邦首先攻破秦朝的首都咸阳，进城之后与当地百姓约法三章：杀人者要处死，伤人者要抵罪，盗窃者也要判罪！除此之外，还废除了秦朝严苛的律法，刘邦的行为受到了咸阳百姓的拥护。原先各路将领曾互相约定：谁先进入咸阳，谁就在关中为王。项羽带领人马进入咸阳城后，出于报仇心理，不仅杀掉秦降王子婴，还一把火烧了秦宫，收集了许多金银财物和妇女，准备回自己的老家去。项羽并未对未来如何得到天下做更长远的谋划，也就没有接受说客劝他建都咸阳的提议，反而说"人富贵了，应归故乡，富贵不归故乡，好比'衣绣夜行'（穿着锦绣衣服在黑夜里走），谁看得见！"那个说客听了这句话，觉得项羽要作为一位英雄，实在不够，心里不免对他有些鄙视，嘲笑项羽是"沐猴而冠"。楚人把猕猴称为"沐猴"。"沐猴而冠"是说猕猴戴上人的帽子，虚有其表，也就是说假充人样的野兽。

这句看不起人、侮辱人的话被项羽知道了，就立刻把那人抓来，投入鼎 镬 煮掉了。
^{huò}

［思考］

（1）如果你进入秦宫，你觉得什么很重要？会拿什么东西？为什么？

（2）项羽为什么要杀那个劝说者？这段选文表现了项羽什么样的性格特点？

秦阿房宫遗址

4. 四面楚歌、霸王别姬

项王军壁垓下，兵少食尽，汉军及诸侯兵围之数重。夜闻汉军四面皆楚歌，项王乃大惊曰："汉皆已得楚乎？是何楚人之多也！"项王则夜起，饮帐中。有美人名虞，常幸从；骏马名骓，常骑之。于是项王乃悲歌慷慨，自为诗曰：“力拔山兮气盖世，时不利兮骓不逝。骓不逝兮可奈何，虞兮虞兮奈若何！”歌数阕，美人和之。项王泣数行下，左右皆泣，莫能仰视。

〔注释〕

壁：驻扎，扎营。

垓下：今安徽省宿州市灵璧县。

是何楚人之多：这楚人怎么这么多。**是：**这。**何：**怎么，为何。

幸从：因得宠而随从。

骓：毛色苍白相杂的马。

悲歌慷慨：情绪激昂地唱歌，以抒发悲壮的胸怀。

逝：跑。

奈若何：把你怎么办。

阕：乐曲每终了一次叫一阕。“数阕”就是几遍。

和：和谐地跟着唱，唱和。

〔译文〕

　　项羽的军队在垓下安营扎寨，士兵越来越少，粮食也吃没了，刘邦的汉军和韩信、彭越的军队又层层包围上来。深夜，听到汉军在四面唱着楚地的歌，项王大为吃惊，说：“难道刘邦已经完全取得了楚地？这楚国人怎么这么多呢？”项王连夜起来，在帐中饮酒。有美人名虞，一直受宠跟在项王身边；有骏马名乌骓，项王一直骑着。这时，项王不禁慷慨悲歌，自己作诗吟唱道：“力量可以拔起大山，豪气世上无人能比。但时局对我不利啊，乌骓马跑不起来了。乌骓马不前进啊，我该怎么办？虞姬啊！虞姬啊！我又该把你怎么办？”项王唱了几遍，美人虞姬在一旁应和。项王眼泪一道道流下来，左右侍者也都跟着落泪，没有一个人能抬起头来看他。

[赏析]

《垓下歌》是西楚霸王项羽在进行必死战斗的前夕所作的绝命词。此诗概括了项羽平生的业绩和豪气，表达了他对美人和名驹的怜惜，抒发了他在汉军的重重包围之中那种充满怨愤和无可奈何的心情。

"力拔山兮气盖世"一句，项羽概括了自己叱咤风云的业绩。项羽是将门之子，少年气盛，力能扛鼎，才气过人。他23岁跟随叔父项梁起兵反秦，率领江东八千子弟投入起义的大潮，成了诸路起义首领中的佼佼者。巨鹿一战，项羽破釜沉舟，与几倍于己的秦军进行浴血奋战，奇迹般地消灭了秦军主力，被各路诸侯推举为"上将军"。此后，项羽所向披靡，直至进军咸阳，自封为西楚霸王。但从这一句诗中也可以看出，项羽夸大了个人的力量，这是他失败的一个重要原因。

"时不利兮骓不逝"，天时不利，连乌骓马也不肯前进了。在四年的楚汉战争之中，项羽虽然与汉军大战七十，小战半百，打了不少胜仗，但仍是匹夫之勇，既不善于用人，更不会审时度势，他的失败根本不是什么天意，全是个人的失误和过错所导致。

"骓不逝兮可奈何"，抒发了一种无可奈何的感叹。项羽并非单纯军事意义上的失败者，他的失败，更多的是政治谋略上的失败。面对强劲而奸诈的对手，他坦率、天真、不用心计。此时，他多么企盼有一次卷土重来，再显英雄身手，再现"破釜沉舟"壮举的转机啊！可是，项羽明白，这种机会不会再有了，他败在了自己完全可以战胜的对手之下。"可奈何"，正是这种悲剧心理与失望心态的流露。

"虞兮虞兮奈若何"，作为一位威震天下的义军领袖，当年，他从江东率四十万大军，所向无敌；如今不仅身陷重围，而且连自己的爱妃也保护不了，这是多么震撼人心的悲哀！

这段文字虚实结合，生动地显示出项羽叱咤风云的气概，篇幅虽短小，却表现出丰富的内容和复杂的感情：既洋溢着无与伦比的豪气，又蕴含着满腔深情；既显示出罕见的自信，却又为个人的渺小而沉重地叹息。短短的四句，表现出如此丰富的内容和复杂的感情，不禁让人拍案叫绝。

［思考］

你能说说霸王离别虞姬时的内心活动吗?

5. 无颜见江东父老

于是项王乃欲东渡乌江。乌江亭长檥(yǐ)船待，谓项王曰："江东虽小，地方千里，众数十万人，亦足王(wàng)也。愿大王急渡。今独臣有船，汉军至，无以渡。"项王笑曰："天之亡我，我何渡为!且籍与江东子弟八千人渡江而西，今无一人还(huán)，纵(zòng)江东父兄怜而王我，我何面目见之?纵彼(bǐ)不言，籍独不愧于心乎?"……乃自刭(wěn)而死。

［注释］

江东：因长江在今安徽南部境内向东北方向斜流，而以此段江为标准确定东西和左右。江东所指区域为长江下游江南一带。
乌江：在今安徽省和县乌江镇。
檥：整船靠岸。
何渡为：还渡江干什么。"为"是表示疑问的语气词。
纵：即使。
自刭：自割其颈，即自杀。这是中国古代武将绝望时最常使用的自杀手段。

〔译文〕

这时候，项王想要向东渡过乌江。乌江亭长正停船靠岸等在那里，对项王说："江东虽然小，但土地纵横各有一千里，民众有几十万，也足够称王啦。希望大王快快渡江。现在只有我这儿有船，汉军到了，没法渡过去。"项王笑了笑说："上天要灭亡我，我还渡乌江干什么！再说我和江东子弟八千人渡江西征，如今没有一个人回来，纵使江东父老兄弟怜爱我让我做王，我又有什么脸面去见他们？纵使他们不说什么，我项籍难道心中没有愧疚吗？"……于是自刎而死。

〔赏析〕

公元前 206 年，韩信用计诱敌深入，在垓下大败项羽。项羽兵败归营之后，张良又命汉军学唱楚地小调，瓦解楚军意志。最后连项羽的心腹大将也不辞而别，只剩下 800 名亲随骑兵仍然忠心 耿 耿地守护着大本营。项羽领着 800 名亲兵突围而去。一路上众人且走且散，到达东城时只有 28 人骑马跟随。汉军追上项羽，双方又是几番厮杀，项羽一人就斩杀了汉军数百人。到了乌江边上，乌江亭长驾船来接项羽过江，可是此时的项羽自言无颜面对江东父老，不愿渡江，而是把陪伴自己征战多年的乌骓马赠给亭长，自己下马步行，迎战汉兵，一人又斩杀汉军数百人。

奋勇无比的项羽身上十多处受伤，宁死也不愿意投降，或者回到江东忍辱偷生，最终拔剑自刎，结束了自己轰轰烈烈的一生。项羽的一生是英雄的一生，他反抗秦朝暴政，勇猛无敌，具有军事才能和领导能力，但他又具有冲动和缺乏谋略等缺点。项羽英勇而悲壮的一生令人感慨。

〔思考〕

（1）项羽为什么无颜面对江东父老？你觉得项羽应该过江吗？

（2）后人对项羽的历史评价是复杂和多面的，你怎么评价项羽？

练　习

一、选择填空

1. 《史记》是中国第一部（　　　　）通史。

A. 纪传体　　　　B. 编年体　　　　C. 断代体　　　　D. 国别体

2. 《史记》记载了从传说中的黄帝到（　　　　）长达 3000 多年的历史。

A. 皇帝　　　　B. 汉武帝　　　　C. 汉高祖　　　　D. 秦始皇

3. 汉高祖刘邦是汉朝的开国皇帝，如果要了解他的历史，可以在《史记》"五体"结构中的（　　　　）中寻找。

A. 本纪　　　　B. 世家　　　　C. 书　　　　D. 列传

4. 鲁迅先生称誉《史记》是"史家之（　　　　），无韵之《离骚》"。

A. 独唱　　　　B. 绝唱　　　　C. 演唱　　　　D. 歌唱

5. 下面哪种叙述符合司马迁的个人经历？（　　　　）

A. 坐井观天　　　B. 才疏学浅　　　C. 贪生怕死　　　D. 发愤著书

6. （　　　　）被后世尊称为"史圣""历史之父"。

A. 司马相如　　　B. 司马光　　　C. 司马迁　　　D. 司马谈

7. 我们常说"项羽"，其实他叫项籍，"羽"是他的（　　　　）。

A. 氏　　　　B. 名　　　　C. 号　　　　D. 字

8. "破釜沉舟"是项羽率领楚国士兵，（　　　　），打败秦朝的主力军队。

A. 以多胜少　　　B. 以少胜多　　　C. 以强欺弱　　　D. 实力相当

9. 以下古代的刑罚中，哪个带有明显的人格侮辱色彩？（　　　　）

A. 宫刑　　　　B. 烹　　　　C. 族　　　　D. 屠

10. 下面哪个表示兄弟间排行顺序最大？（　　　　）

A. 伯　　　　B. 仲　　　　C. 叔　　　　D. 季

二、给加点字注音

力能扛鼎（　　　　　　）　　　　沐猴而冠（　　　　　　　）

人或说项王曰（　　　　　　）　　项王闻之，烹说者。（　　　　　　）

破釜沉舟（　　　　　　）　　　　垓下（　　　　　　）

歌数阕，美人和之。（　　　　　　）　　项王泣数行下（　　　　　　）

三、根据课文内容填空

破釜（　　　）舟　　　　（　　　）面楚歌　　　无（　　　）见江东父老

（　　　）而代之　　　沐猴而（　　　）　　　约法（　　　）章

（　　　）王别姬　　　衣（　　　）夜行　　　力能扛（　　　）

四、选词填空

> 四面楚歌　　沐猴而冠　　取而代之　　破釜沉舟　　无颜见江东父老

1. 为了出国留学，他花了家里很多钱，可现在却不能毕业，真是_____。

2. 如果你在会议上提出这个意见，必然会_____，受到那些人的责难。

3. 只要我们有_____的决心，就能克服学习上的各种困难。

4. 有些人即使穿着世界品牌的服装，甚至"武装"到牙齿，可没有真才实学，也会落得个"_____"的下场。

5. 进口零件的价格昂贵，如果用国产零件_____，那就可以节省一大笔成本。

五、解释下面画线的词语

1. 项籍少时，学书不成，去。（　　　　　　　　）

2. 籍大喜，略知其意，又不肯竟学……（　　　　　　　　）

3. 毋妄言，族矣！（　　　　　　　　）

4. 居数日，项羽引兵西屠咸阳。（　　　　　　　　）

5. 人或说项王曰：……（　　　　　　　　）

6. 夜闻汉军四面皆楚歌。（　　　　　　　　）

7. 于是项王乃悲歌慷慨，自为诗曰：……（　　　　　　　　）

8. 力拔山兮气盖世。（　　　　　　　　）

9. 且籍与江东子弟八千人渡江而西，今无一人还。（　　　　　　　　）

10. 纵彼不言，籍独不愧于心乎？（　　　　　　　　）

六、请将下列现代语句替换为古文表达，体会二者不同

1. 项梁的父亲就是项燕，被秦将王翦所杀害的那位楚国大将。

_____

2. 那个人我可以取代他。

_____

3. 富贵了不回家乡，就像穿着好看的衣服夜里走路一样，有谁知道呢？

_____

4. 这楚人怎么这么多！

_____

5. 现在只有我这儿有船，汉军到了，没有办法渡河。

_____

七、模仿造句

1. 无颜见江东父老

例1：我挂了三门课，毕不了业，真的是**无颜见江东父老**了。

例2：他从上大学起就离家到另一个城市打拼，这些年的工作一直不顺利，让他觉得**无颜见江东父老**。

_____

2. 破釜沉舟

例：对我们留学生来说，写论文是一件很困难的事情，我们要有**破釜沉舟**的决心，才能把论文完成。

_____

3. 约法三章

例：我和我的一个柬埔寨朋友**约法三章**：在房间里只许讲中文，不许说母语。

_____

4. 四面楚歌

例：由于小明私心太重，他现在已是**四面楚歌**，朋友都离他而去。

_____

八、请总结一下项羽的性格特点，并说明理由

九、如果有机会给人物（比如父辈、英雄）写传记，想一想你会选择什么方法

第六课　汉乐府诗歌

导　读

这一课我们要学习汉乐(yuè)府诗歌。首先，让我们看看什么是“乐府”。

“乐府”是秦、汉时期设立的音乐管理部门，它的职责是收集民间歌谣或文人的诗，并配上音乐，在朝廷祭祀或宴会时演奏用。这些搜集整理的诗歌，后世就叫“乐府诗”，或简称“乐府”。

乐府诗的作者来自不同阶层，上至帝王，下到平民，乐府诗所表现的大多是人们普遍关心的敏感问题，比如在那个时代生活中的苦与乐、男女之间的爱与恨，以及对于生与死的人生态度等。

汉乐府的语言由杂言慢慢转向五言，汉乐府作为一种新的诗体，呈现出旺盛的生命力。汉乐府是继《诗经》《楚辞》之后中国古代诗歌史上又一壮丽的景观。

汉乐府民歌中女性题材作品占有重要位置。《陌上桑》和《孔雀东南飞》就是其中最优秀的代表。

《陌上桑》是一篇喜剧性的叙事诗。它写一个名叫秦罗敷的美女在城南隅采桑，人们见了她都爱慕不已，正好一位“使君”经过，他爱慕罗敷的美貌，问罗敷是否愿意跟他同去，罗敷通过夸耀自己的丈夫，巧妙地拒绝了使君的骚扰。

《孔雀东南飞》是中国古代文学史上最长的叙事诗。它讲的是一个爱情悲剧。焦(jiāo)仲卿(zhòngqīng)和刘兰芝是一对恩爱夫妻，但焦母不喜欢兰芝，她活活拆散了这对恩爱夫妻，刘兰芝不得不回到了娘家。在娘家，刘兰芝的哥哥又逼她改嫁到有权有势的太守家。刘兰芝和焦仲卿分手之后进一步加深了彼此的了解，他们之间的爱更加深厚。无可奈何之下，刘兰芝在新婚之夜投水而死，焦仲卿听到消息后也在自家庭院的树枝上上吊自杀。两个相爱的人用自杀来反抗包办婚姻，同时也表白他们生死不渝的爱恋之情。

课 文

1. 长歌行

青青园中葵，朝露待日晞。

阳春布德泽，万物生光辉。

常恐秋节至，焜黄华叶衰。

百川东到海，何时复西归？

少壮不努力，老大徒伤悲。

（《乐府诗集·相和歌辞》）

〔注释〕

葵：蔬菜名。

朝露：清晨的露水。

晞：晒干。

阳春：温暖的春天。

布：散布，洒满。

德泽：恩泽。

恐：担心。

焜黄：枯黄，颜色衰老的样子。

华：同"花"。

衰：为了押韵，这里可以按古音读作 cuī。

少壮：年轻力壮，指青少年时代。

老大：年老了，指老年。

徒：白白地。

〔译文〕

园中的葵菜郁郁葱葱，晶莹的朝露等待阳光来照耀。

春天把阳光洒满了大地，万物都显出勃勃生机。

常担心那悲凉的秋天来到，树叶枯黄、花叶凋零。

百条河流向东流到大海，什么时候又能向西返回？

青少年如果不及时努力，老的时候只能白白地后悔伤悲。

〔赏析〕

此诗从"园中葵"说起，用"朝露易晞""花叶秋落""流水东去不复回"打比方，说明光阴如流水，一去不再回；最后劝导人们，要珍惜青春年华，发愤努力，不要等老了再后悔。

这首诗由眼前的自然美景想到人生易逝，鼓励青年人要珍惜时光，努力进取。

（2015 级印度尼西亚学生　张彩霞绘）

[思考]

（1）"百川到东海，何时复西归？"一句用江河东流不再西归，比喻什么？

（2）《长歌行》是怎样表达珍惜时间这个主题的？

2. 上邪
yé

上邪！

我欲与君相知，

长命无绝衰。

山无陵，
líng

江水为竭，
jié

冬雷震震，

夏雨雪，
yù

天地合，

乃敢与君绝。

（《乐府诗集·鼓吹曲辞·铙歌》）

〔注释〕

上邪：上天啊。**上**：指天。**邪**：语气助词，表示感叹。

相知：结为知己。

命：古与"令"字通，使。

衰：衰减，断绝。

陵：山峰，山头。

震震：形容雷声。

雨雪：降雪，下雪。**雨**：名词活用作动词。

天地合：天与地合二为一。

乃敢：才敢。

〔译文〕

天哪！

我要和你相亲相爱，

让我们的感情永久不破裂，不衰减。

除非山平了，

江水枯竭，

冬日里雷雨阵阵，

夏天里大雪纷纷，

天与地合而为一，

我才敢与你把关系断绝！

〔赏析〕

《上邪》是一首民间情歌，感情强烈、气势奔放。诗中女子为了表达她对情人忠贞不渝的感情，指天发誓，指地为证，要永远和情人相亲相爱。她一连用了五件不可能发生的事情来表明自己至死不渝的爱情观，充满了磐石般坚定的信念和火焰般炽热的激情。

〔思考〕

（1）诗中女孩子的性格是怎样的？
（2）现代社会中，什么样的情况下女孩子会说"乃敢与君绝"？

3. 江南

江南可采莲，莲叶何田田，鱼戏莲叶间。

鱼戏莲叶东，鱼戏莲叶西，

鱼戏莲叶南，鱼戏莲叶北。

（《乐府诗集·相和歌辞》）

〔注释〕

可：在这里有"适合""正好"的意思。
何：多么。
田田：莲叶茂盛的样子。
戏：嬉戏，玩耍。

〔译文〕

江南水上是适合采摘莲子的地方，莲叶多么茂盛，鱼儿在莲叶间嬉戏。
鱼在莲叶的东边游戏，鱼在莲叶的西边游戏，
鱼在莲叶的南边游戏，鱼在莲叶的北边游戏。

〔赏析〕

这是一首歌唱江南劳动人民采莲时愉快情景的民歌。前三句点明采莲季节、场合，地点；后四句描述鱼儿嬉戏的场景。全诗没有一字一句直接描写采莲人采莲时的愉快心情，而是通过对莲叶和鱼儿的描绘，将它们的欢乐之情充分透露出来。同时，在这首民歌中，"莲"与"怜"谐音，有"爱"的意思，"采莲"又暗含收获爱情的意思。

〔思考〕

诗歌后面四句的重复有没有必要？为什么？

4. 李延年歌

北方有佳人，

绝世而独立。

一顾倾人城，

再顾倾人国。

宁不知倾城与倾国？

佳人难再得。

〔注释〕

绝：与世隔绝。
顾：回头望。
宁不知："宁不知"表示反问。**宁：**怎么，难道。
倾城、倾国：多形容妇女容貌极美。

〔译文〕

北方有一位美人，
与世人隔绝，独自站立。
回头一望，守城的将士就会放下武器，城池失守，
再回头一望，皇帝就会一见倾心，国家败亡！
难道不知道这样的女子会带来如此的危害吗？
（即使这样）美好的姑娘世所难遇、不可再得啊！

〔背景〕

关于这首诗还有一段故事。根据《汉书·外戚传》记载：在一次宫廷宴会上，李延年献舞时唱了这首诗。汉武帝听后不禁感叹道：世间哪有这样的佳人呢？汉武帝的姐姐平阳公主就推荐了李延年的妹妹，汉武帝召来一见，果然妙丽善舞。从此，李延年之妹成了汉武帝的宠姬李夫人，李延年也更加得到宠幸。

〔思考〕

（1）这首诗有没有具体写这位"佳人"的容貌？为什么读者会觉得"佳人"很美？
（2）汉语中有哪些词语可以用来形容女子的美丽？

练　习

一、选择填空

1. 汉乐府诗是在（　　　　）和楚辞之后发展出的一种新诗体。

A. 《诗经》　　　　　　B. 《论语》　　　　　　C. 民谣　　　　　　D. 四言诗

2. "乐府"最早是指秦汉时期设立的（　　　　）。

A. 官职　　　　　　　　B. 音乐管理部门　　　　C. 学校　　　　　　D. 官员

3. 汉乐府诗歌的作者（　　　　）。

A. 都是贵族　　　　　　B. 来自不同阶层　　　　C. 都是平民　　　　D. 都是乐官

4. 中国古代最长的叙事诗是（　　　　）。

A. 《离骚》　　　　　　B. 《木兰诗》　　　　　　C. 《孔雀东南飞》　　D. 《陌上桑》

5. 青青园中葵，（　　　　）待日晞。

A. 朝露　　　　　　　　B. 朝雾　　　　　　　　C. 朝阳　　　　　　D. 朝霞

6. "常恐秋节至"中的"恐"的意思是（　　　　）。

A. 恐怕　　　　　　　　B. 伤心　　　　　　　　C. 恐惧　　　　　　D. 担心

7. "百川东到海，何时复西归"的主要意思是（　　　　）。

A. 水流速度很快　　　　　　B. 希望河水快点流回西方

C. 对河水东流感到可惜　　　D. 比喻时间一去不复返

8. "少壮不努力，老大徒伤悲"中"老大"的意思是（　　　　）。

A. 家里的第一个孩子　　　B. 领导

C. 家里最小的孩子　　　　D. 年老

9. "一顾倾人城，再顾倾人国"中"顾"的意思是（　　　　）。

A. 往前看　　　　　　　B. 照顾　　　　　　　　C. 回头看　　　　　D. 想念

10. "宁不知倾城与倾国"中"宁"的意思是（　　　　）。

A. 安宁　　　　　　　　B. 难道、怎么　　　　　C. 宁愿　　　　　　D. 可能

二、解释下面画线的词语

1. 朝露待日晞（　　　　　　　　）

2. 阳春布德泽（　　　　　　　　）

3. 老大徒伤悲（　　　　　　　　）

4. 我欲与君相知（   ）

5. 夏雨雪（   ）

6. 莲叶何田田（   ）

三、查找并解释画线词语的意思

1. 人们对美好生活的向往，如百川归海，谁也阻挡不了。

_____

2. 你也老大不小的了，早点找一份工作养活自己。

_____

3. 祝你有一个光辉灿烂的前程！

_____

4. 她有着倾国倾城的容貌，让所有人都为之惊叹。

_____

5. 这张年画上小男孩手拿莲花抱着一条大鱼，代表着人们希望"连年有余"。

_____

四、回答并填空

1. 汉语里我学到鼓励人们珍惜时光的语句还有：

（1）_____

（2）_____

2. 在我的国家，鼓励青年人珍惜时光的语句是这样说的：

（原文）_____

（汉语翻译）_____

五、翻译并朗读《长歌行》，可以配乐或拍小视频分享。学唱《李延年歌》《江南》

第七课 世外桃源在哪里

陶渊明——中国伟大的田园诗人

yuān
陶渊明（352—427），字元亮，又名潜，号五柳先生，浔阳柴桑（今江西九江）人，是中国伟大的田园诗人，在文学史上与屈原、李白、杜甫、苏轼齐名。

不为五斗折腰

陶渊明生活在东晋末期，当时国家动乱，他的理想抱负根本无法实现，加上他性格耿直，清明廉正，不愿卑 躬 屈膝 攀 附权贵，因而和黑暗的现实社会发生了矛盾。为了生存，陶渊明最初也做过州里的小官，可因为看不惯官场上的那一套恶劣作风，不久便辞职回家了。陶渊明最后一次做官时，

陶渊明像

已过了"不惑之年"（41岁），在朋友的劝说下他再次出任彭泽县令。有一天，县里派官员来了解情况。有人告诉陶渊明说："那位是上面派下来的人，你应当穿戴得整整齐齐、恭恭敬敬地去迎接。"不料，陶渊明听后长长叹了一口气："我怎么能为了这个小小县令每月五斗米的粮食，就低声下气去讨好这家伙呢？"说完，就辞官不做回家了。此时，他当彭泽县令不过八十多天。

回到农村后，陶渊明种田、采菊、饮酒。晋朝少了一个官员，而中国却多了一位伟大的田园诗人。

创造 "世外桃源"

57 岁时，陶渊明写下了著名的《桃花源记》。当时他已隐居多年，对农民的苦难深有感触。在这篇文章中，他虚构了一个宁静安乐、自由平等的世外桃源。这里人人劳动，自耕自食，没有阶级，没有压迫和剥削，没有战乱，人们过着安居乐业、友好和睦的生活。这个"世外桃源"寄托了陶渊明的社会理想，反映了人民反对压迫、反对战争的愿望，同时也批判了当时的黑暗现实，具有一定的积极意义。不过，作者也十分清楚地看到，在当时的条件下"桃花源"这样的理想社会是无法实现的。

课　文

1. 桃花源记

（1）渔人缘溪行，欲穷桃花林。

晋太元中，武陵人捕鱼为业。缘溪 行（xī xíng），忘路之远近。忽逢桃花林，夹岸（jiá àn）数百步，中无杂树，芳草鲜美，落英缤纷（bīnfēn），渔人 甚（shèn）异之，复前行，欲穷其林。

〔注释〕

太元：东晋孝武帝的年号（376—396）。
武陵：郡名，今武陵山区或湖南常德一带。

为业：把……作为职业，以……为生。

缘：顺着、沿着。

行：行走，这里指划船。

远近：偏义复词，仅指远。

忽逢：忽然遇到。逢：遇见。

夹岸：两岸。

杂：别的，其他的。

鲜美：鲜艳美丽。

落英：落花。一说，初开的花。

缤纷：繁多而纷乱的样子。

异之：以之为异，即对此感到诧异。

穷：尽，这里是"走到……的尽头"的意思。

〔译文〕

东晋太元年间，武陵郡有个人以打鱼为生。一天，他顺着溪水行船，忘记了路程有多远。忽然遇到一片桃花林，生长在溪水的两岸，长达几百步，中间没有别的树，花草鲜嫩美丽，落花纷纷散在地上。渔人对此（眼前的景色）感到十分诧异，继续往前行船，想走到林子的尽头。

〔赏析〕

这一部分写渔人捕鱼时偶然发现桃花林的经过。作者以惊人的妙笔，描绘了桃源恬静、优美的自然环境：长长的绿水，夹岸的桃林，纷飞的花瓣，芬芳的嫩草，使人赏心悦目，心旷神怡。作品一开始就以特有的魅力紧紧抓住了读者，使读者非跟着渔人这个导游走下去不可。

〔思考〕

这一部分是怎样交代发现桃花源的原因、时间、人物的？

（2）舍船从口入，发现桃源景。

　　林尽水源，便得一山，山有小口，仿佛若有光。便舍船，从口入。初极狭，才通人。复行数十步，豁然开朗。土地平旷，屋舍俨然，有良田、美池、桑竹之属。阡陌交通，鸡犬相闻。其中往来种作，男女衣着，悉如外人。黄发垂髫，并怡然自乐。

〔注释〕

林尽水源：林尽于水源，桃林在溪水发源的地方就到头了。

舍：舍弃。

初：起初。

通：通过。

豁然：开阔敞亮的样子。

开朗：开阔而明亮。

旷：宽阔。

俨然：整齐的样子

属：类。

阡陌交通：田间小路交错相通。

种作：耕种劳作。

悉：全，都。

黄发垂髫：指老人和小孩。

并：都。

怡然自乐：形容高兴而满足。**怡然**：喜悦的样子。

［译文］

　　桃林的尽头就是溪水的发源地，于是便出现一座山，山上有个小洞口，洞里仿佛有点光亮。于是他下了船，从洞口进去了。起初洞口很狭窄，仅容一人通过。又走了几十步，突然变得开阔明亮了。（呈现在他眼前的是）一片平坦宽广的土地，一排排整齐的房舍。还有肥沃的田地、美丽的池沼、桑树竹林之类的。田间小路交错相通，鸡鸣狗叫到处可以听到。这里面，人们来来往往耕种劳作，男男女女的穿着，跟桃花源以外的世人完全一样。老人和小孩们个个都安适愉快，自得其乐。

［赏析］

　　这一部分写渔人进入桃花源后所见的桃源风光：整齐的房屋、肥沃的土地、美丽的池塘，还有绿色的桑树竹林，田间小路纵横交错，到处可以听到鸡鸣狗叫的声音。男人和女人都在田间耕种忙碌，老人和孩子自得其乐。

［思考］

　　渔人"从口入"，看到了桃源怎样的美景？

桃源美景（2015 级泰国学生　马惠芬、陈美珊等绘）

（3）应邀得酒食，了解桃源人。

见渔人，乃大惊，问所从来。**具**答之。便**要**还家，设酒杀鸡作食。村中闻有此人，**咸**来**问讯**。自云先世避秦时乱，**率 妻子****邑人**来此**绝境**，不复出焉，**遂**与外人**间隔**。问今是何世，**乃**不知有汉，**无论**魏晋。此人一一**为具言所闻**，皆叹惋。余人各复延至其家，皆出酒食。停数日，辞去。此中人语云："不足**为**外人道也。"

〔注释〕

具：详细、详尽。
要：通"邀"，邀请。
咸：都，全。
问讯：询问打探（消息）。
妻子：指妻子、儿女。
邑人：同乡的人。
绝境：与人世隔绝的地方。
遂：于是。
间隔：隔绝。
乃：竟然。
无论：不要说，（更）不必说。
为：给。
具言：详细地说。
所闻：指渔人所知道的世事。**闻**：知道，听说。

叹惋：感叹，惋惜。
延：邀请。
为：向，对。

〔译文〕

村里的人看到渔人，感到非常惊讶，问他是从哪里来的。渔人详细地作了回答。村里有人邀请他到自己家里去（做客），设酒杀鸡做饭来款待他。村里的人听说来了这么一个人，就都来打听消息。他们说自己的祖先为了躲避秦时的战乱，领着妻子儿女和乡邻来到这个与人世隔绝的地方，不再出去，因而跟外面的人断绝了来往。他们问渔人现在是什么朝代，他们竟然不知道有过汉朝，更不必说魏晋两朝了。渔人把自己知道的事——详尽地告诉了他们，听完以后，他们都感叹惋惜。其余的人各自又把渔人请到自己家中，都拿出酒饭来款待他。渔人停留了几天，向村里人告辞离开。村里的人对他说："我们这个地方不值得对外面的人说啊！"

〔赏析〕

这一部分写渔人在桃源人家里做客及辞去的经过。桃花源除了有自然的美景，更打动人的是这里的人古朴纯真、热情好客，社会生活幸福祥和。这幅美好的生活画卷足以打动读者的心灵。

〔思考〕

（1）桃花源中的人为什么"不复出"？
（2）村里的人为什么要对他说"我们这个地方不值得对外面的人说啊"？

（4）既出说如此，不复得其路。

既出，得其船，便扶向路，处处志之。及郡下，诣太守，说

101

如此。太守即遣人随其往，寻向所志，遂迷，不复得路。

南阳刘子骥，高尚士也，闻之，欣然规往。未果，寻病终，后遂无问津者。

〔注释〕

扶：沿着、顺着。

向：从前的、旧的。

志：名词作动词，做标记。

及：到达。

郡下：太守所在地，指武陵。

诣：晋谒，拜见。

如此：指在桃花源的见闻。

遣：派遣。

遂：最终。

刘子骥：历史上实有的人物，是晋朝太元时期的名士，与陶渊明是同时代的人。

欣然：高兴的样子。

规：计划，打算。

果：实现。

寻：随即，不久。

问津：问路，这里是访求、探求的意思。津：渡口。

〔译文〕

渔人出来以后，找到了他的船，就顺着旧路回去，处处都做了标记。到了郡城，到太守那里去，报告了这番经历。太守立即派人跟着他去，寻找以前所做的标记，最终迷失了方向，再也找不到通往桃花源的路了。

南阳人刘子骥是个品德高尚的人，听到这件事后，高兴地计划前往。但没有实现，不久因病去世了。此后就再也没有问桃花源路的人了。

〔赏析〕

这一部分写渔人离开桃源后，数人先后探访桃源未果的情形。以此作结，给读者留下了悬念，给作品增加了神秘的色彩。这个结尾，也可能是暗示读者：这美好的境界在现实中并不存在。

〔思考〕

（1）渔人继续找下去能不能找到桃花源？"世外桃源"是否真的存在？

（2）陶渊明为什么要创造这样一个世界？

（3）你听说过伊甸园（Eden）、理想国（The Republic）、乌托邦（Utopia）、太阳城（The City of the Sun）、香格里拉（Shangri-La）吗？它们与桃花源有什么相似之处？

2. 归园田居（其三）

种豆南山下，草盛豆苗稀。

晨兴理荒秽（huì），带月荷锄归。

道狭草木长（xiá），夕露沾我衣。

衣沾不足惜，但使愿无违。

〔注释〕

兴：起床。

荒秽：指杂草。

荷：扛着。

沾：打湿。

不足：不值得。

但：只。

愿：指隐居躬耕的愿望。

违：违背。

〔译文〕

南山坡下有我的豆子地，地里杂草丛生，豆苗却长得很稀。
早晨天亮就起来到田里锄草，晚上披着月光扛着锄头回家歇息。
狭窄的山路草木丛生，夜露沾湿了我的衣裳。
衣裳被沾湿并不可惜，只希望不违背我归耕田园的心意。

〔赏析〕

《归田园居》共五首，本篇是第三首，写的是诗人的劳动生活情况和隐居田园的决心，通过对躬耕田园的具体描写，表现了诗人对田园生活的热爱。

〔思考〕

（1）你觉得诗人的种地水平高不高？每天辛苦吗？
（2）诗人回归田园居住感到快乐吗？为什么？

练　习

一、解释下面画线的词语

1. 复前行，欲<u>穷</u>其林。（　　　　　　　　）

2. 便<u>舍</u>船，从口入。（　　　　　　　　）

3. 土地平<u>旷</u>，屋舍<u>俨然</u>。（　　　　　　　）

4. 男女衣着，<u>悉</u>如外人。（　　　　　　　）

5. 便<u>要</u>还家，设酒杀鸡作食。（　　　　　　）

6. 问今是何世，<u>乃</u>不知有汉。（　　　　　　）

7. 余人各复<u>延</u>至其家，皆出酒食。（　　　　　　）

8. 未果，<u>寻</u>病终，后遂无问津者。（　　　　　　）

二、写出下列句中画线词语的古义和今义

1. 率<u>妻子</u>邑人来此<u>绝境</u>　　　　古：　　　　　　　今：

2. 阡陌<u>交通</u>，鸡犬相闻　　　　古：　　　　　　　今：

3. 乃不知有汉，<u>无论</u>魏晋　　　　古：　　　　　　　今：

4. 芳草<u>鲜美</u>　　　　　　　古：　　　　　　　今：

5. 豁然<u>开朗</u>　　　　　　　古：　　　　　　　今：

三、根据课文内容选择正确的词语填空

1. 中无杂树，＿＿＿＿＿＿鲜美，落英缤纷。

A. 花草　　　　　B. 鲜花　　　　　C. 桃花　　　　　D. 芳草

2. 山有小口，仿佛若有＿＿＿＿＿＿。

A. 人　　　　　　B. 光　　　　　　C. 村　　　　　　D. 花

3. 阡陌交通，＿＿＿＿＿＿相闻。

A. 鸡犬　　　　　B. 鸡狗　　　　　C. 歌舞　　　　　D. 鼓角

4. 黄发垂髫，并＿＿＿＿＿＿。

A. 开心快乐　　　B. 怡然自得　　　C. 怡然自乐　　　D. 怡然自若

5. 余人各复延至其家，皆出＿＿＿＿＿＿。

A. 饭食　　　　　B. 饮食　　　　　C. 酒食　　　　　D. 肉食

6. 晋太元中，武陵人捕鱼_____。

A. 为主　　　　B. 为生　　　　C. 为业　　　　D. 为食

7. 男女_____，悉如外人。

A. 打扮　　　　B. 服装　　　　C. 衣服　　　　D. 衣着

四、模仿造句

1. 落英缤纷：形容落花纷纷飘落的美丽情景。

例：公园里的樱花处处盛开，春风吹过，**落英缤纷**，吸引了许多市民前来欣赏。

2. 豁然开朗：从黑暗狭窄变得宽敞明亮；比喻突然领悟了一个道理，心情舒畅；也指前景变得很明朗。

例：听了老师的讲解，以往不懂的地方我都**豁然开朗**了。

3. 无人问津：比喻没有人来探问、尝试或购买。（反义：门庭若市）

例：这个地区的建筑工日薪高达2300元，连续8年涨薪，但还是**无人问津**。

4. 世外桃源：原来指的是与现实社会隔绝、生活安乐的理想境界；后来也指环境幽静、生活安逸的地方。

例：这个小城人口不到5万，景色秀丽，生活安逸，仿佛**世外桃源**。

5. 怡然自乐：形容高兴而满足。怡然：喜悦的样子。

例：在一个风和日丽的日子里，我出门踏青。公园里山清水秀，一片生机盎然。在山光水色间，我游得**怡然自乐**。

五、用原文语句回答下面的问题

1. 渔人"欲穷其林"的原因是什么？

2. 文中描写桃花源中人的精神状态的句子是哪些？

3. 桃花源中人的祖先定居桃花源的原因是什么？

_____

4. 文中哪些话表明桃源人听了渔人的话之后，仍想继续在桃花源中生活？他们为什么不愿离开？

_____

六、阅读语段，回答问题

林尽水源，便得一山，山有小口，仿佛若有光。便舍船，从口入。初极狭，才通人。复行数十步，豁然开朗。土地平旷，屋舍俨然，有良田、美池、桑竹之属。阡陌交通，鸡犬相闻。其中往来种作，男女衣着，悉如外人。黄发垂髫，并怡然自乐。

1. 找出这段文字中的三个成语：

_____　_____　_____

2. 桃花源中的居住环境和人们的生活状态是什么样的？

_____

_____

_____

3. 你认为陶渊明笔下的桃花源是否存在？你心目中的桃花源是怎样的？

_____

_____

_____

七、假如你就是《桃花源记》中的那位渔人，请以第一人称" 我" 讲一讲你发现桃花源的经历

八、如图，按照渔人的行动轨迹，分组绘出《桃花源记》的课文内容

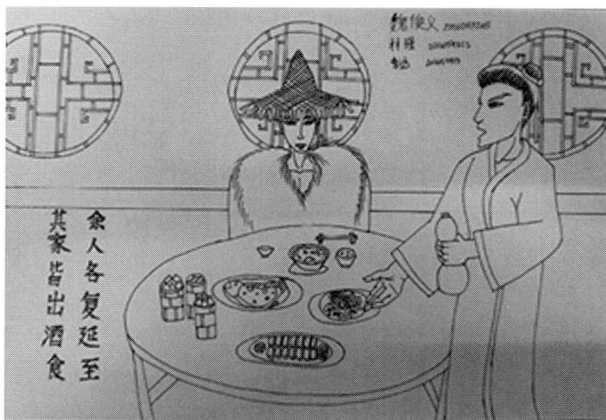

宴请渔人（2016 级华文教育系学生　魏俊义等绘）

扩展阅读

陶渊明的生平趣事

gé lù
1. 葛巾漉酒

有一天，郡守前来看望陶渊明。那时，陶渊明正在酿酒。正好酒酿熟了，陶渊明随意将头上戴的葛巾取下来漉酒，漉完之后又戴回脑袋上，弄得头发满是酒星子。陶渊明也不在意，随后接待了这位郡守。

2. 我醉欲眠卿可去

陶渊明与人交往，不分贵贱。只要是来拜访他的，他都会以酒待客。若是在客人先前醉了，他就会说："我已经醉了，想睡觉休息一下，你可以离去了。"

3. 无弦琴

相传陶渊明不解音律，却在家里放置了一张无弦琴，其实就是一块木头，每逢朋友欢聚，酒至酣时，陶渊明便会在木头上抚上一曲，自己很是陶醉，有时甚至会感动得痛哭流涕。陶渊明曾经说："但识琴中趣，何劳弦上声！"意思是抚琴之趣，不在于弦上之音，而在于心里有琴律。琴在陶渊明眼中只是一种宣泄自己情感的工具而已，因此，他不去想琴究竟发声不发声，他弹奏无弦琴只是适性任情，表达心曲罢了。

第八课　木兰从军

导　读

　　你听说过木兰代父从军的故事吗？

　　木兰的故事记载在《木兰诗》中。《木兰诗》也叫《木兰辞》，它是中国南北朝时期的一首北朝民歌，讲述了一个叫木兰的女子，女扮男装，替父从军，在战场上建立功勋，回朝后不愿做官，只求回家，最后与家人团聚的故事。诗歌热情地赞扬了这位女子勇敢善良的品质、保家卫国的热情和英勇无畏的精神。一千多年来，木兰代父从军的故事在中国家喻户晓，木兰的形象一直深受人们喜爱。木兰代父从军的故事还被改编成了电影《花木兰》。

　　《木兰诗》也是一篇乐府诗，它与汉乐府民歌中的《孔雀东南飞》合称"乐府双璧"。除了《木兰诗》，北朝乐府民歌中的《敕勒歌》也非常有名。

木兰（2018 级印度尼西亚学生　谢承良绘）

课　文

木兰诗

（1）可汗点兵。

唧唧复唧唧，木兰当户织。
（唧：jī）

不闻机杼声，惟闻女叹息。
（杼：zhù）

问女何所思？问女何所忆？

女亦无所思，女亦无所忆。

昨夜见军帖，可汗大点兵。
（帖：tiě　可汗：kè hán）

军书十二卷，卷卷有爷名。

阿爷无大儿，木兰无长兄。
（长：zhǎng）

愿为市鞍马，从此替爷征。
（为：wéi　鞍：ān）

〔注释〕

唧唧：纺织机的声音。

当户：对着门。

机杼声：织布机发出的声音。机：指织布机。杼：织布梭子。
（梭：suō）

惟：通"唯"，只。

何：什么。

忆：思念，惦记。

军帖：征兵的文书。

可汗：古代西北地区民族对君主的称呼。

十二：虚数，表示很多。下文的"十二转""十二年"，用法与此相同。

爷：和下文的"阿爷"一样，都指父亲。

市：买。

鞍马：泛指马和马具。

〔译文〕

叹息声一声接着一声传出，木兰对着房门织布。

听不见织布机织布的声音，只听见木兰在叹息。

问木兰在想什么？问木兰在惦记什么？

（木兰答道）我也没有在想什么，也没有在惦记什么。

昨天晚上看见征兵文书，知道君主在大规模征兵，

那么多卷征兵文册，每一卷上都有父亲的名字。

父亲没有大儿子，木兰（我）没有兄长，

木兰愿意为此到集市上去买马鞍和马匹，就开始替代父亲去征战。

〔赏析〕

这一段写木兰决定代父从军。诗以"唧唧复唧唧"的织机声开篇，展现"木兰当户织"的情景；然后写木兰停机叹息，无心织布，不禁令人奇怪，引出一问一答，道出木兰的心事。木兰之所以"叹息"，不是因为儿女心事，而是因为天子征兵，父亲在被征之列，父亲既已年老，家中又无长男，于是决定代父从军。

〔思考〕

木兰为什么要替父出征？

（2）代父从军。

东市买骏马，西市买鞍鞯，
（jùn）（ān jiān）

南市买辔头，北市买长鞭。
（pèi）（biān）

旦辞爷娘去，暮宿黄河边。

不闻爷娘唤女声，
（huàn）

但闻黄河流水鸣溅溅。
（jiān）

旦辞黄河去，暮至黑山头。

不闻爷娘唤女声，

但闻燕山胡骑鸣啾啾。
（yān）（jì）（jiū）

〔注释〕

鞍鞯：马鞍和马鞍下面的垫子。

辔头：马嘴上戴的笼头和缰绳。

旦：早晨。

辞：离开，辞行。

闻：听见。

但：只。

溅溅：激水流淌的声音。

胡骑：胡人的战马。**胡**：古代对北方少数民族的称呼。

啾啾：马叫的声音。

［译文］

木兰在集市各处购买了战马和马具。
第二天早晨离开父母，晚上宿营在黄河边，
听不见父母呼唤女儿的声音，只能听到黄河流水声。
第二天早晨离开黄河上路，晚上到达黑山头，
听不见父母呼唤女儿的声音，只能听到燕山胡兵战马的啾啾鸣叫声。

［赏析］

第二段写木兰准备出征和奔赴战场。"东市买骏马……"四句排比，写木兰紧张地购买战马和乘马用具，表示对出征打仗的极度重视。诗歌中写只用了两天就赶到了战场，夸张地表现了木兰行进的神速、军情的紧迫、心情的急切，使人感受到紧张的战争氛围。其中写"黄河流水鸣溅溅""燕山胡骑鸣啾啾"之声，衬托出木兰的思亲之情。

［思考］

（1）木兰为了出征作了哪些准备？
（2）"旦辞"与"暮宿/暮至"反映了当时怎样的情景？

（3）征战沙场。
　　　　　fù róng
万里赴 戎 机，关山度若飞。
shuò　　　tuò
朔 气传金柝，寒光照铁衣。

将军百战死，壮士十年归。

〔注释〕

赴戎机：奔赴战场。**戎机**：指战争。
关山度若飞：像飞一样地跨过一道道的关，越过一座座的山。**度**：越过。
朔：北方。
金柝：刁斗。古代军中用的一种铁锅，白天用来做饭，晚上用来打更报时。
铁衣：铠甲。

〔译文〕

（木兰）不远万里，奔赴战场，
飞一样地跨过一道道的关，越过一座座的山。
北方的寒气传送着打更的声音，
清冷的月光映照着战士们的铁甲战袍。
将士们身经百战，历经数年，有的战死，有的胜利归来。

〔赏析〕

第三段，概写木兰十来年的征战生活。"万里赴戎机，关山度若飞"，概括上文
"旦辞……"八句的内容，夸张地描写了木兰身跨战马，万里迢迢（tiáo），奔往战场，飞越
一道道关口、一座座高山。寒光映照着身上冰冷的铠甲。"将军百战死，壮士十年归"，
概述战争旷日持久，战斗激烈悲壮。将士们十年征战，历经一次次残酷的战斗，有的
战死，有的归来。而英勇善战的木兰，则是有幸生存、胜利归来的将士中的一个。

〔思考〕

（1）从哪些地方可以看出沙场征战的辛苦？
（2）最后一句"将军百战死，壮士十年归"怎么翻译？这是什么修辞现象？

（4）立功受赏。

归来见<u>天子</u>，天子坐<u>明堂</u>。

<u>策勋</u>十二<u>转</u>，赏赐<u>百千</u>强。
cè xūn　　zhuǎn　shǎng cì

可汗问所欲，木兰不用<u>尚书郎</u>，

愿驰<u>千里足</u>，送儿还故乡。
chí　　　　huán

〔注释〕

天子：即前面所说的"可汗"。

明堂：宫殿。

策勋：记功。

转：勋级每升一级叫一转，十二转为最高的勋级。

百千：形容数量多。

强：有余。

尚书郎：尚书省的官。尚书省是古代朝廷中管理国家政事的机关。

千里足：千里马。

〔译文〕

胜利归来朝见天子，天子坐在殿堂（论功行赏）。

给木兰记很大的功勋，得到的赏赐有千百金还有余。

天子问木兰有什么要求，木兰说不愿做尚书郎，

希望骑上千里马，回到故乡。

〔赏析〕

第四段，写木兰还朝辞官，先写木兰朝见天子，然后写木兰功劳之大、天子赏赐之多，再说到木兰辞官不做，只愿意回到自己的故乡。"木兰不用尚书郎"而愿"还故乡"，固然是她对家园生活的眷念，但也自有秘密在，即她是女儿身。天子不知内情，木兰也不便明言，颇有戏剧意味。

〔思考〕

（1）木兰得到了什么赏赐？
（2）木兰为什么辞官不做呢？

（5）辞官还家。

爷娘闻女来，出郭(guō)相扶将(jiāng)。

阿姊(zǐ)闻妹来，当户理红妆(zhuāng)。

小弟闻姊来，磨刀霍霍(huò)向猪羊。

开我东阁(gé)门，坐我西阁床。

脱我战时袍(páo)，著(zhuó)我旧时裳(cháng)。

当窗理云鬓(bìn)，对镜帖(tiē)花黄。

出门看火伴，火伴皆惊忙(jiē)：

同行(xíng)十二年，不知木兰是女郎。

［注释］

郭：外城。

扶将：扶持。**将**：助词，不译。

姊：姐姐。

理：梳理。

红妆：指女子的艳丽装束。

霍霍：模拟磨刀的声音。

著：通"着"，穿。

云鬓：像云那样的鬓发，形容好看的头发。

帖：通"贴"。

花黄：古代妇女的一种面部装饰物。

火伴：火，通"伙"。古时兵制，十人为一火，火伴即同火的人，即用同一个锅吃饭的人，后译为同行的人。

惊忙：大吃一惊，十分吃惊。

［译文］

父母听说女儿回来了，互相搀扶着到城外迎接她；
姐姐听说妹妹回来了，对着门户梳妆打扮起来；
弟弟听说姐姐回来了，忙着霍霍地磨刀杀猪宰羊。
每间房都打开门进去看了看，
脱去打仗时穿的战袍，穿上以前女孩子的衣裳，
当着窗子整理漂亮的头发，对着镜子在面部贴上装饰物。
走出去看一起打仗的伙伴，伙伴们很吃惊，
（都说我们）同行数年之久，竟然不知木兰是女孩。

〔赏析〕

　　第五段，写木兰还乡与亲人团聚。先以父母姊弟各自符合身份、性别、年龄的举动，描写家中的欢乐气氛，展现浓郁的亲情；再以木兰一连串的行动，写她对故居的亲切感受和对女儿妆的喜爱，一副天然的女儿情态，表现她归来后情不自禁的喜悦；最后作为故事的结局和全诗的高潮，是恢复女儿装束的木兰与伙伴们相见的喜剧场面。

〔思考〕

1. 家人们是怎么迎接木兰回家的？
2. 找出木兰归来后的一系列表示动作的词，这些动作说明了什么？
3. 说说你假期回国与家人团聚的场景和心情。

cí
（6）莫辨雄雌。

shuò
雄兔脚扑朔，雌兔眼迷离；
bàng dì
双兔傍地走，安能辨我是雄雌？

〔注释〕

扑朔：动弹，扑腾。
迷离：眯着眼。
傍地走：贴着地面跑。**走**：跑。
安能：怎么能。

〔译文〕

（提着兔子耳朵悬在半空中时）

雄兔两只前脚时时动弹，雌兔两只眼睛时常眯着，所以容易分辨。

雄雌两兔一起并排跑，怎能分辨哪个是雄兔，哪个是雌兔呢？

〔赏析〕

　　第六段，用巧妙的比喻结尾，令人回味无穷。以双兔在一起奔跑难辨雌雄，比喻木兰十二年女扮男装、征战沙场难以被发现，这一比喻既解释了木兰在军队里身份没有被发现的原因，也暗示了木兰隐藏身份时的智慧、和男性一起战斗的勇敢，同时也展现了木兰面对伙伴满脸"惊忙"时俏皮可爱的性格。

〔思考〕

（1）诗歌结尾的比喻有什么作用？

（2）如果你是木兰，你会向伙伴们怎么解释？

2. 敕勒歌

敕勒川，阴山下。

天似 穹庐，笼盖四野。
　　　qióng lú　　　　yǎ

天苍苍，野茫茫。

风吹草低见牛羊。
　　　　xiàn

119

〔注释〕

敕勒川： 敕勒族居住的地方，在现在的山西、内蒙古一带。川：平川，平原。
阴山： 在今内蒙古自治区北部。
穹庐： 用毡布搭成的帐篷，即蒙古包。
笼盖： 笼罩。
四野： 草原的四面八方。
苍苍： 青色，蓝色。
茫茫： 辽阔无边的样子。
见： 同"现"，显露。

〔译文〕

辽阔的敕勒平原，就在千里阴山下。
天空仿佛圆顶帐篷，广阔无边，笼罩着四面的原野。
天空蓝蓝的，原野茫茫无边。
风儿吹过，牧草低伏，显露出隐没于草丛中的众多牛羊。

〔赏析〕

《敕勒歌》的诞生时代，正是中国历史上南北朝时的北朝时期。此时，今黄河流域
以北基本是在 鲜 卑 族（北方游牧民族）的统治之下。这首古代民歌赞美了北国草原
壮丽富饶的风光，抒写了敕勒人热爱家乡、热爱生活的豪情。
　　敕勒人用穹庐——圆顶毡帐来比喻草原的天空，对"风吹草低见牛羊"的景象进
行了讴歌和赞美，这与他们的生活方式密不可分。穹庐是游牧民族的活动居室，牛羊
和牧草是他们的衣食来源，对于这些与他们的生活和命运密切相关的事物，他们有着
非常深厚的感情。所以说，他们讴歌草原、讴歌牛羊，就是赞美家乡、赞美生活。

敕勒川

〔思考〕

1. 这首民歌为什么用"穹庐"来比喻天空？"敕勒川"给你的感受是什么？
2. 说说看，如果你来赞美你的家乡，会选择哪些景物（人）？

练　习

一、解释下面画线的词语

1. 木兰当<u>户</u>织（　　　　　　　　）

2. 昨夜见<u>军帖</u>（　　　　　　　　）

3. <u>旦</u>辞爷娘去（　　　　　　　　）

4. 万里赴<u>戎机</u>（　　　　　　　　）

5. 送儿<u>还</u>故乡（　　　　　　　　）

6. <u>著</u>我旧时裳（　　　　　　　　）

7. 安能<u>辨</u>我是<u>雄雌</u>（　　　　　　　）（　　　　　　　　）

8. 敕勒<u>川</u>，阴山下。（　　　　　　　）

9. 风吹草低<u>见</u>牛羊。（　　　　　　　）

二、选出下列句子中加点词解释错误的一项

A. 愿为市鞍马　　　　　　市：买
　　东市买骏马　　　　　　市：集市

B. 出郭相扶将　　　　　　郭：外城
　　木兰不用尚书郎　　　　不用：不愿作

C. 朔气传金柝　　　　　　朔：北方
　　策勋十二转　　　　　　策勋：记功

D. 军书十二卷　　　　　　十二卷：十二本
　　赏赐百千强　　　　　　强：有余

　　　　　　　　　　　　　　　　（　　　）

三、填空

1.《木兰诗》是＿＿＿＿＿＿＿＿朝时期北方的一首民歌。全诗通过叙述花木兰＿＿＿＿＿＿＿＿的故事，塑造了一个＿＿＿＿＿＿＿＿的女英雄形象。

2. 写木兰出征前紧张、周密准备的句子有：

＿＿＿＿＿＿＿＿＿＿＿＿＿＿＿＿＿＿＿＿＿＿＿＿＿＿＿＿＿＿＿＿＿＿

＿＿＿＿＿＿＿＿＿＿＿＿＿＿＿＿＿＿＿＿＿＿＿＿＿＿＿＿＿＿＿＿＿＿

3. 描写木兰从军后艰苦的战地生活的句子是：

＿＿＿＿＿＿＿＿＿＿＿＿＿＿＿＿＿＿＿＿＿＿＿＿＿＿＿＿＿＿＿＿＿＿

＿＿＿＿＿＿＿＿＿＿＿＿＿＿＿＿＿＿＿＿＿＿＿＿＿＿＿＿＿＿＿＿＿＿

4. 赞颂木兰谨慎、聪明、勇敢、能力不逊于男子的句子是：

＿＿＿＿＿＿＿＿＿＿＿＿＿＿＿＿＿＿＿＿＿＿＿＿＿＿＿＿＿＿＿＿＿＿

＿＿＿＿＿＿＿＿＿＿＿＿＿＿＿＿＿＿＿＿＿＿＿＿＿＿＿＿＿＿＿＿＿＿

5. 建功受勋时木兰说了什么？

＿＿＿＿＿＿＿＿＿＿＿＿＿＿＿＿＿＿＿＿＿＿＿＿＿＿＿＿＿＿＿＿＿＿

＿＿＿＿＿＿＿＿＿＿＿＿＿＿＿＿＿＿＿＿＿＿＿＿＿＿＿＿＿＿＿＿＿＿

6. 写木兰一家人高高兴兴迎接她回家的情景的句子是：

爷娘＿＿＿＿＿＿＿＿＿＿＿＿＿＿＿＿＿＿＿＿＿＿＿＿＿＿＿＿＿＿＿＿

阿姊＿＿＿＿＿＿＿＿＿＿＿＿＿＿＿＿＿＿＿＿＿＿＿＿＿＿＿＿＿＿＿＿

小弟＿＿＿＿＿＿＿＿＿＿＿＿＿＿＿＿＿＿＿＿＿＿＿＿＿＿＿＿＿＿＿＿

7. 回家后，木兰做了什么？

_____

8. 《敕勒歌》中描写草原美景的句子有：

_____

_____

四、模仿造句

1. 扑朔迷离：形容事物错综复杂，不容易看清真相。扑朔、迷离：原指把兔子耳朵提起时，雄兔扑腾，雌兔眯眼，可是在地上跑的时候就雌雄难辨了。

例1：这部侦探小说的情节**扑朔迷离**，让人难以分清谁是真正的凶手。

例2：目前这个地方还在打仗，形势**扑朔迷离**，谁也不知道今后会如何发展。

_____

2. 磨刀霍霍：形容为做好某一件事而提前作充分的准备、跃跃欲试的样子。原意为用力磨刀，发出霍霍声响。

例1："双十一"购物节即将到来，很多网友已经**磨刀霍霍**，准备开抢自己喜欢的物品。

例2：同学们都在准备开题报告，个个**磨刀霍霍**，很有信心。

_____

五、请向你的父母或者身边的朋友介绍中国女英雄木兰，说说你喜欢她的理由

六、分组朗读或表演《木兰诗》，背诵《敕勒歌》

扩展阅读

刘大哥讲话理太偏

《刘大哥讲话理太偏》，出自豫剧表演艺术家常香玉（1923—2004）的豫剧《花木兰》。

豫剧《花木兰》讲的是花木兰替父从军后发生的故事。刘大哥是与花木兰一起从军、并肩作战的战友刘元度，他是刘光之子。当年花木兰的父亲花志芳，曾与刘光、王勇二人一起从军。

"刘大哥讲话理太偏"，是花木兰对刘大哥说的话，为留守在家乡的妇女们申辩生活的不易，赞美了女性的贡献。唱词为：

豫剧《花木兰》片段

> 刘大哥讲话理太偏，谁说女子享清闲？
> 男子打仗到边关，女子纺织在家园。
> 白天去种地，夜晚来纺棉，
> 不分昼夜辛勤把活干，
> 将士们才能有这吃和穿。
> 你要不相信啊，请往那身上看：
> 咱们的鞋和袜，还有衣和衫，
> 这千针万线都是她们连啊。
> 有许多女英雄，也把功劳建，
> 为国杀敌，是代代出英贤，
> 这女子们哪一点不如儿男？

注：中国古代有四大巾帼（guó）英雄，她们是花木兰、樊（fán）梨花、梁红玉、穆（mù）桂英。

第九课 "诗佛"王维

唐诗为什么那么繁荣?

唐代（618—907）是中国古代诗歌的黄金时代，唐代诗歌的繁荣与当时国家力量的强大、思想文化的开放包容、社会生活的繁荣富实有关。在选用人才上，唐朝沿用隋朝的科举考试制度，开科取士，这样就为寒门弟子进入统治阶层提供了机会。在思想上，唐人以儒为主，儒释道三教并行，既有儒家的入世精神，自信昂扬，也有佛老的出世观念，逍遥超脱。在生活方式上，他们喜欢漫游名山大川、寻仙访道。在生活情趣上，他们喜爱山水花鸟，在自然景色中体验禅趣、探究佛理。

唐诗分几个阶段? 有哪些著名诗人?

唐诗一般分为初、盛、中、晚四个时期，诗人大约 2400 位，诗作 48000 多首。初
唐诗歌的代表人物是"初唐四杰"：王勃、杨 炯（jiǒng）、卢照邻、骆宾王（luò），虽然他们的地位比较卑下，但才华很高。

盛唐诗人中，王维、孟浩然是山水田园诗人的代表，向往自然、闲适、隐居的生活。孟浩然的《春晓》家喻户晓，可与王维诗歌对读参看。李白被称为"诗仙"，是盛唐文化孕育出的天才诗人，他的诗歌拥有丰富的情感、惊人的想象、迷人的浪漫气息和不受一切束缚的自由精神。杜甫则被称为"诗圣"，他的诗内容博大、情感深沉，他以仁爱之心书写国家、社会、普通百姓还有个人的苦难。

中唐诗歌有以白居易、元 稹（zhěn）为代表的元白诗派，语言平易通俗；韩愈、孟郊为

代表的韩孟诗派，艺术上追求新奇险怪；李贺、柳宗元、刘禹锡^{xī}等人的诗风格各异，都有独到的成就。

晚唐诗歌多有一种伤感暗淡的情调，"夕阳无限好，只是近黄昏"，诗人以被称为"小李杜"的李商隐、杜牧为代表。

填表： **请根据以上内容填出各时期的代表诗人**

	诗人1	诗人2	诗人3	诗人4
初唐				
盛唐				
中唐				
晚唐				

课　文

1. 鸟鸣涧^{jiàn}

王　维

人闲桂^{guì}花落，

夜静春山空。

月出惊山鸟，

时鸣春涧中。

〔注释〕

涧：山涧，有水的山谷。

闲：安静，悠闲。

春山：春天的山。

月出：月亮升起。

惊：惊动，扰乱。

时：时而，偶尔。

〔译文〕

人心终于安静下来，桂花无声地飘落，
春天的山中夜晚静得好像什么都没有。
月亮升起，它的光亮惊动了树枝上的鸟，
在春天的山谷中不时地鸣叫。

〔赏析〕

人心安静下来，就可以发现桂花在飘落；人心安静下来，就可以感受到山中的寂静、空无。月亮出来了，皎洁的月光竟让栖息在树枝上的鸟儿受到了惊动，时而鸣叫几声，显得山谷更加幽静。这首诗最大的特点就是用山中鸟的鸣叫反衬春涧的寂静，这是典型的以动衬静的写作手法。夜晚的安静、桂花的芳香、鸟的鸣叫、天上的月亮，融合成一片幽静清远的境界，令人陶醉。

〔思考〕

（1）你怎么样表达"四周很安静"？比一比，看看谁的表达最精彩。

四周很安静，安静得＿＿＿＿＿＿＿＿＿＿＿＿。

（2）体会诗意，用自己的话来描述你所看到的事物。

2. 竹里馆

王 维

独坐幽篁里，
_{huáng}

弹琴复长啸。
_{xiào}

深林人不知，

明月来相照。

〔注释〕

竹里馆：周围有竹林的房屋，是诗人隐居在陕西蓝田辋川别业的景点之一。
幽篁：幽深的竹林。
复：又。
长啸：拖长声音、高声地吟唱。

〔译文〕

独自坐在幽静的竹林里，
一边弹琴一边又高声地吟唱。
深深的山林中世人不知道我，
却有一轮明月照着我，与我相伴。

〔赏析〕

这首诗主要写诗人在山林里清静闲适的生活，并通过对静、寂的体验表达一种禅意。诗人独自坐在竹林里，一边弹琴，一边长啸，独自享受着竹林中的这份幽静。世间的人不了解他，但诗人也不觉得有什么难过，因为有天上的明月出来与他相伴。此时此刻，幽深的竹林、弹琴长啸的诗人与明月一相遇，就让诗人体验到了人和静谧的天地、和永恒在一起所产生的平和、安闲，平日里所有的牵挂、思虑在此刻都可以放下，万物皆空。正因为王维的诗中常常涌生这种禅趣，人们才称其为"诗佛"。

〔思考〕

（1）"独坐幽篁里"的诗人真的很孤独吗？为什么？

（2）人多时的热闹和独处时的安静，你会选择哪一个？"宁静致远"是什么意思？

3. 鹿柴（zhài）

王 维

空山不见人，

但闻人语响。

返景入深林，

复照青苔（tái）上。

〔注释〕

鹿柴：地名。诗人隐居在陕西蓝田辋川别业的景点之一。**柴**：同"寨"，山中用篱笆扎成的院落。

空山：空旷的山林。

但闻：只听到。**但**：只。

返景：夕阳返照的光。**景**：古时同"影"。

〔译文〕

空旷的山谷里不见人，

只听到有人说话的声音。

夕阳的光线投射进深林里，

又照在树下的青苔之上。

〔赏析〕

同《鸟鸣涧》一样，这首诗也写山林的幽静，但显得更加清冷。诗人依然用以动写静的方法，以只闻人语写出山林的空寂。第三、四句里，诗人又敏锐地感受到光线的变化，夕阳照进浓密的树林，在地面的青苔上形成点点的亮光，但这光亮与周围的昏暗形成鲜明的对比，显得四周更加幽暗了。这首诗就从声音和光线两方面去写，整个世界此时似乎都存在于动与静的声音、明与暗的光影变化中。

〔思考〕

空山的"不见人"和"但闻人语响"有矛盾吗？

4. 辛夷坞
yí wù

王 维

mò fú róng
木末芙蓉花，

è
山中发红萼。

hù
涧户寂无人，

纷纷开且落。

〔注释〕

辛夷坞：地名，同鹿柴、竹里馆一样是蓝田辋川的景点，因盛产辛夷花而得名。辛夷花形似莲花，外紫内白，蕊若笔尖，故名木笔。

木末：树梢，枝头。

芙蓉花：这里指辛夷花，芙蓉花与辛夷花相似。

萼：花萼，花开时托着花瓣的部分。

涧户：山涧两崖相对，好像门户。

且：又。

〔译文〕

枝条最顶端的辛夷花，
在山中开放着鲜红的花萼。
山涧里一片寂静没有人来，
辛夷花还是纷纷地开放又纷纷地飘落。

〔赏析〕

　　这是一首很美的禅诗。诗人描写了山谷中静静开放的辛夷花，无论有没有人来观赏和注视，它们都要自开自落，都要努力完成自己在枝头的一次美丽绽放，然后再归于寂灭，这就是辛夷花圆满的一生。世间的生命何尝不是这样？不需要在乎别人的眼光，不需要外在的喝彩，只要活出自己的那份光彩自在。王维的诗歌就是这样，常常沉潜到自然的幽深之处，感受万物的动静生息，从而表达出某种不可言喻的内在生命。后人评此诗"读之身世两忘，万念皆寂"（胡应麟）。

〔思考〕

（1）想一想，辛夷花在开、落的时候有喜悦和痛苦吗？

（2）汉语中"空谷幽兰"是什么意思？它和辛夷花有什么地方相通？

5. 山居秋暝（míng）

王　维

空山新雨后，天气晚来秋。

明月松间照，清泉（quán）石上流。

竹喧（xuān）归浣（huàn）女，莲（lián）动下渔舟（zhōu）。

随意春芳歇（xiē），王孙自可留。

《山居秋暝》诗意图（2008 级泰国学生　李权政绘）

〔注释〕

暝：天色将晚。

空山：空寂的山。

新：刚刚。

喧：喧闹声。

浣女：洗衣服的女子。

随意：尽管。

春芳：春天的花草。

歇：消散，消失。

王孙：原指贵族子弟，此指隐居山林的诗人自己。

留：居。

〔译文〕

空寂的山中刚刚下了一场雨，秋天凉爽的夜晚到来了。

明亮的月光从松树间照下来，清清的泉水在山石上流淌。

竹林里传来喧闹声是洗衣的女子回来了，莲叶摇动是打鱼的渔民划船过来了。

尽管春天的芳香花草都消失了，我还是可以在这山中长久居留的。

〔赏析〕

这首诗是作者在秋天的傍晚居住山里所看到的景象。第一联点题，具体说明时间、地点和天气的情况；中间两联是对自然景色的描写，动与静相生，自然美与人情美结合，富有画面感，也表现出了王维诗歌"诗中有画"的特点；最后一联反用前人诗意，虽然春色已逝，但山里的秋色同样值得自己留恋不归，从而表达了作者喜爱自然山水的宁静恬淡之情。

〔思考〕

（1）诗人笔下的"空山"只有"空"和"静"吗？
（2）想一想，诗人是因为什么而要"留"在这秋天的山里？
（3）体会诗意，运用你的想象为这首诗配上一幅画。

6. 春晓(xiǎo)

孟浩然

春眠(mián)不觉晓，

处处闻啼(tí)鸟。

夜来风雨声，

花落知多少？

〔注释〕

晓：天亮。
眠：睡觉。
不觉：没有感觉到，不知不觉。
啼：啼叫。

〔译文〕

春天睡觉不知不觉天就亮了，
（我）听到四处都有小鸟的欢叫声。
昨天晚上有刮风下雨的声音，
我的那些花不知被打落了多少？

〔赏析〕

这首诗虽然短小，但含义丰富，回味悠长。诗歌用词比较简单，语句浅易明白，韵脚和谐，读起来也朗朗上口。前两句用听到鸟儿的欢叫声来突出一夜甜睡之后早晨的美好。三、四句还是通过听觉来写，但诗意有了转折。昨晚听到恼人的风雨声，庭院中那些娇嫩的花朵会不会被风雨吹落呢？看来诗人在为花朵担心，为花落感到可惜啊。只有真正爱花、惜花之人，只有内心柔软的人，才会对花草充满如此爱怜。只有内心柔软的人，才会懂得珍惜身边美好的事物，才会对活泼的春天心生欢喜。

〔思考〕

（1）如果早上醒来发现昨晚下雨了，你最先想到的是什么？
A. 再睡一会儿　B. 早餐吃什么　C. 去不去上早读课
D. 阳台的衣服　E. 小猫小狗

（2）人人都说这首《春晓》好，想一想，它究竟好在哪里？

洛阳牡丹图

练 习

一、选择填空

1. 最能代表唐代文学的是（　　　　）。

A. 小说　　　　　　B. 词　　　　　　　C. 曲　　　　　　　D. 诗歌

2. 唐代诗歌一般分为初、（　　　　）、中、晚四个时期。

A. 高　　　　　　　B. 盛　　　　　　　C. 胜　　　　　　　D. 升

3. "初唐四杰"的"王杨卢骆"中的"王"，指的是（　　　　）。

A. 王维　　　　　　B. 王之涣　　　　　C. 王勃　　　　　　D. 王绩

4. 唐代"诗佛"（　　　　）的诗往往是诗画结合，颇具禅意。

A. 孟浩然　　　　　B. 王维　　　　　　C. 王勃　　　　　　D. 王昌龄

5. "诗仙"是指唐代的（　　　　）。

A. 李商隐　　　　　B. 李白　　　　　　C. 李贺　　　　　　D. 李清照

6. "诗圣"是指唐代的（　　　　）。

A. 杜牧　　　　　　　B. 杜甫　　　　　　　C. 杜审言　　　　　　D. 杜预

7. 白居易是（　　　）唐时期的诗人。

A. 初　　　　　　　　B. 盛　　　　　　　　C. 中　　　　　　　　D. 晚

8. 柳宗元是（　　　）唐时期的诗人。

A. 初　　　　　　　　B. 盛　　　　　　　　C. 中　　　　　　　　D. 晚

9. "小李杜"分别指的是（　　　　）。

A. 李商隐、杜牧　　　B. 李白、杜甫　　　　C. 李商隐、杜甫

10. "独在异乡为异客，每逢佳节倍思亲。遥知兄弟登高处，遍插茱萸少一人。"
这首诗的"佳节"是指哪个节日？（　　　　）

A. 清明节　　　　　　B. 春节　　　　　　　C. 重阳节　　　　　　D. 中秋节

二、解释带点字的意思，并组词

1. 木末芙蓉花，山中发红萼。（　　　　）　＿＿＿＿＿　＿＿＿＿＿
2. 竹喧归浣女，莲动下渔舟。（　　　　）　＿＿＿＿＿　＿＿＿＿＿
3. 人闲桂花落，夜静春山空。（　　　　）　＿＿＿＿＿　＿＿＿＿＿
4. 返景入深林，复照青苔上。（　　　　）　＿＿＿＿＿　＿＿＿＿＿
5. 空山不见人，但闻人语响。（　　　　）　＿＿＿＿＿　＿＿＿＿＿

三、连词成句，然后翻译诗句

1. 啼鸟　不觉　晓　闻　处处　春眠

＿＿＿＿＿＿＿＿＿＿＿＿＿＿＿＿＿＿＿＿＿＿＿＿＿＿＿＿＿＿＿

2. 春涧　月出　惊　时鸣　中　山鸟

＿＿＿＿＿＿＿＿＿＿＿＿＿＿＿＿＿＿＿＿＿＿＿＿＿＿＿＿＿＿＿

3. 清泉　照　松间　明月　流　石上

＿＿＿＿＿＿＿＿＿＿＿＿＿＿＿＿＿＿＿＿＿＿＿＿＿＿＿＿＿＿＿

4. 人　不知　明月　相照　深林　来

＿＿＿＿＿＿＿＿＿＿＿＿＿＿＿＿＿＿＿＿＿＿＿＿＿＿＿＿＿＿＿

5. 弹琴　幽篁　长啸　独坐　复　里

＿＿＿＿＿＿＿＿＿＿＿＿＿＿＿＿＿＿＿＿＿＿＿＿＿＿＿＿＿＿＿

四、根据王维诗歌的写作特点，选择填空

1. 王维有一句诗说，山路上本来没有下雨，可这满山的翠绿好像打湿了我的衣服，即"山路元无雨，（　　　）翠湿人衣"。

　　A. 青　　　　　B. 空　　　　　C. 绿　　　　　D. 晴

2. 王维喜欢静观自然界的细微变化，往往物我相生，创造出既宁静又充满生命活力的境界。如诗句"坐看（　　　），欲上人衣来"。

　　A. 小青蛙　　　B. 地上尘　　　C. 一片叶　　　D. 苍苔色

3. 王维的诗歌"诗中有画"，有一次，他来到辽阔的沙漠，看到了"大漠孤烟（　　　），长河落日（　　　）"的壮观景象。

　　A. 上　来　　　B. 起　边　　　C. 直　圆　　　D. 白　红

五、下面这首诗的意思是什么？请谈谈你的理解

> ### 颂古五十五首（其一）
> 　　　　　　　　　　　　（宋）释绍昙
> 春有百花秋有月，夏有凉风冬有雪。
> 若无闲事挂心头，便是人间好时节。

扩展阅读

　　王维（701—761）出身于山西运城王氏，家门显贵。王维的字"摩诘"，来源于印度高僧"维摩诘"，是"净"、没有污垢的意思。他的母亲崔氏是虔诚的佛教徒，在母亲影响下，王维与弟弟都信佛吃素。王维在妻子去世后也没有再娶，三十年孤居一室。王维多才多艺，精通音律，擅弹琵琶，书法、绘画的技艺都很高超。少年时到长安就凭借自己的音乐和文学才华，名动京城。著名的《九月九日忆山东兄弟》就是他 17 岁时所写。

独在异乡为异客，每逢佳节倍思亲。

遥知兄弟登高处。遍插茱萸少一人。
（zhū yú）

　　王维21岁就中了进士，积极进取，意气风发。但后来在朝廷上受到排挤，出于对现实的不满，他40岁左右以孝养母亲为名，在陕西蓝田的辋川和终南山隐居，吃斋念佛，开始了亦官亦隐的生活。

　　唐代的安史之乱爆发后，王维来不及逃跑，被叛军所俘。55岁的王维被迫担任伪职。长安、洛阳收复以后，本来要被查办论罪的王维被赦免，但心灵还是受到很大打击，更加沉醉在佛教中希望得到解脱。每次退朝回到家之后就焚香独坐，专心奉佛，过着恬静悠闲的生活。"晚年唯好静，万事不关心。"

　　宋代的苏轼曾评价说："味摩诘之诗，诗中有画；观摩诘之画，画中有诗"，指出了王维诗歌中诗情和画意相结合的特点。

第十课 "诗仙" 李白

李白——"谪仙人"

一提到唐诗，我们就会想到天才诗人李白，想到他那首家喻户晓的《静夜思》。当华人久居异国他乡时，读了李白的这首诗，就会唤起自己对祖籍国、对家乡的思念和眷恋。

李白（701—762），字太白，号青莲居士，祖籍陇西成纪（今甘肃秦安），出生在碎叶（今吉尔吉斯斯坦托克马克城），五岁时随父亲回到了四川江油青莲乡。他博览群书，文学才华极高。当时的大诗人贺知章还没读完他的诗《蜀道难》，就已经连连称叹，大呼"谪仙人"，意思是从天上被罚到人间的仙人。

但李白最感兴趣的并不是写诗，而是政治，他有远大的政治抱负，希望能凭借个人才华一举做官拜相，治理国家、安定天下。因为对自己的才华极度自信，李白没有参加科举，也不求小官。可是时代变了，当时唐代的社会现实已经不像先秦那样可以给李白这样的机会。41 岁时，李白经人推荐，终于奉诏入京，以布衣之身在翰林院工作，可惜皇帝也只是看重他的文学才华，让他歌颂皇帝的宫廷生活，李白从政的政治理想落空，不久被朝中权贵所谗毁，"赐金放还"，他被迫离开长安。

李白离开朝廷后，对朝廷充满不满与失望，但依然关心国家命运、积极入世，希望建立功业。755 年，安史之乱爆发。正在庐山的李白以为报国的时机已到，慷慨从军，入永王李璘幕府，结果被以反叛罪入狱，长流夜郎，又遇赦放回，后来一直在南方漂泊。761 年，李白还想从军报国，无奈半道生病回来，第二年在安徽当涂病逝。民间传说李白是入水捕月而死，后来骑 鲸 飞升。

jīng

所以，李白是诗人，不是政治家，怀有远大的政治理想却不能实现，这就是李白的政治悲剧，是李白诗中苦闷的来源。

李白—— "酒仙""诗仙"

李白个性纯真浪漫，不喜约束。他的确喜欢喝酒，孤单一人时就"举杯邀明月，对影成三人"，举杯邀请天上的明月陪伴，与自己的影子嬉戏。杜甫曾在《饮中八仙歌》中说："李白一斗诗百篇，长安市上酒家眠。天子呼来不上船，自称臣是酒中仙。"

李白醉酒（温馨绘）

李白虽然在现实人生中不断遭遇失败，但他始终保持着乐观自信、昂扬洒脱的精神，傲视一切的独立人格，追求不受约束的自由人生。李白的诗歌感情充沛、想象丰富奇特，风格豪放飘逸，具有鲜明的个性特征和人格魅力。

$$\boxed{课\ \ 文}$$

1. 黄鹤楼送孟浩然之广陵

cí　　hè
故人西辞黄鹤楼，

烟花三月下扬州。

gūfān　　　bì
孤帆远影碧空尽，

wéi　　　　　jì
唯见长江天际流。

〔注释〕

黄鹤楼：中国著名的名胜古迹，在今湖北武汉市武昌蛇山上。传说三国时期的费祎于此登仙乘黄鹤而去，故称黄鹤楼。

广陵：扬州。

故人：故友、老朋友。

辞：辞别，告别离开。

烟花：形容柳絮如烟、繁花似锦的春景，指艳丽的春景。

碧空：碧蓝的天空。

尽：尽头，消失了。

天际：天边。

〔译文〕

老朋友向西告别了黄鹤楼，

在这烟花三月的春色中去扬州远游。

小船的帆影渐渐远去，消失在天空的尽头，

（我）只看见长江水向着天边奔流。

黄鹤楼

〔赏析〕

这是一首送别诗。开元十八年（730）三月，李白得知孟浩然要去广陵，便约孟浩然在武汉相会，之后李白亲自到长江边送孟浩然上船，并写下了这首诗。这首诗语言浅近，似乎只是在说眼前的景色，但弦外有音，景色的描写中包含着诗人对朋友依依不舍的深情。整首诗情景融合，含蓄委婉。

〔思考〕

（1）好朋友如果上船、上车离开后，你会马上转身离开吗？

（2）"孤帆远影碧空尽，唯见长江天际流"一句只是在写风景吗？

2. 独坐敬亭山

众鸟高飞尽，

　　gū
孤云独去闲。

　　　　　yàn
相看两不厌，

　　　jīngtíng
只有敬亭山。

〔注释〕

尽：没有了，消失了。
独去：独自离开。
闲：云彩飘来飘去、悠闲自在的样子。
不厌：不满足，（看）不够。厌：满足。
敬亭山：山名，在安徽宣城。

〔译文〕

一群群鸟儿都高高地飞走了，
天上的那片白云也独自悠闲地飘走了。
互相看怎么也看不够的，
只有我和那座敬亭山。

〔赏析〕

李白一生崇尚自由，喜欢游览名山大川，在山水游玩间排解自己的苦闷，山水往往寄托着他的情感。这首诗中的"敬亭山"就被拟人化了，成了可以和久坐的诗人进行情感交流的对象，诗人与自然合二为一，人世间的孤单和烦恼都可以被抛在脑后。这首诗语言非常单纯自然，但表达出了极其深厚的感情。

〔思考〕

（1）怎么理解这句"相看两不厌，只有敬亭山"？
（2）当你苦闷或心烦意乱的时候，你有什么好的排解方法？

3. 将进酒
<small>qiāng</small>

君不见黄河之水天上来，奔流到海不复回。

君不见高堂明镜悲白发，朝如青丝暮成雪。
<small>zhāo　　mù</small>

人生得意须尽欢，莫使金樽空对月。
<small>mò　zūn</small>

天生我材必有用，千金散尽还复来。
<small>huán</small>

烹羊宰牛且为乐，会须一饮三百杯。
<small>pēng</small>

岑夫子、丹丘生，将进酒，杯莫停。
<small>cén　qiū</small>

与君歌一曲，请君为我倾耳听。
<small>qīng</small>

钟鼓馔玉不足贵，但愿长醉不复醒。
<small>zhuàn</small>

古来圣贤皆寂寞，惟有饮者留其名。

陈王昔时宴平乐，斗酒十千恣欢谑。

主人何为言少钱，径须沽取对君酌。

五花马，千金裘，

呼儿将出换美酒，与尔同销万古愁。

〔注释〕

将进酒：请喝一杯酒。**将**：请。

高堂：高大的厅堂。一说指父母。

青丝：黑发。

莫：不。

金樽：金酒杯。

且：暂且，暂时。

会须：正应当。

岑夫子：岑勋。

丹丘生：元丹丘。与上面岑勋二人都是李白的好友。

与君：给你们。

倾耳听：侧耳细听。

钟鼓：富贵人家宴会中奏乐使用的乐器。

馔玉：形容食物如玉一样精美。

古来：自古以来。

惟：通"唯"。

陈王：指陈思王曹植，曹操之子。

平乐：地名。

恣：纵情任意。

欢谑：嬉戏打闹。

何为：为什么。

径须：只管。

沽：买。

五花马：指名贵的马。一说毛色作五花纹，一说马颈上长毛修剪成五瓣。

裘：皮大衣。

将出：拿出来。

尔：你。

销：同"消"。

〔译文〕

您难道没看见吗？黄河之水从天上而来，一路奔腾流到东海再也不回来，

您难道没看见吗？年迈的父母对着明镜感叹自己的白发，早上还是满头黑发，晚上就已是雪白一片。

（所以）人生得意之时就应当纵情欢乐，不要让这金杯里无酒空对着明月。

上天既然生下我这个人，就一定有我的价值和意义，

千两黄金花光散尽，它还是能够再回来。

我们烹羊宰牛暂时取乐，一定要饮就饮它三百杯！

岑夫子、丹丘生啊！快喝酒！不要停下来。

让我来为你们高歌一曲，请你们为我倾耳细听：

富贵豪华的生活不值得珍贵，只希望永远醉着不再醒来。

自古以来，圣人贤人都是寂寞的，只有会喝酒的人才能在历史上留名。

陈王曹植当年在平乐观宴请朋友时，喝万钱一斗的美酒，大家尽情欢乐谈笑。

店主人你为什么说我的钱不多？只管买来美酒，请大家喝个痛快。

名贵的五花骏马，价值千金的狐裘，

喊儿子出来，让他把这些都拿去换美酒，

和你们一起消除这千秋万代以来的烦愁！

〔赏析〕

这首诗属于乐府诗，诗人借饮酒狂歌抒发自己有才华却不能施展的苦闷，也表现了愤世嫉俗的傲岸和乐观自信、豪放不羁的精神。诗歌感情充沛、率真豪放，有如山洪暴发，喷涌而出，一气直下。

〔思考〕

（1）一开始的两句"君不见"和下面的诗句有什么联系？

（2）想一想，李白凭什么认为"千金散尽还复来"？

（3）李白真的认为"古来圣贤皆寂寞，惟有饮者留其名"吗？

（4）喝酒是要和朋友"同销万古愁"，这里的"万古愁"包含什么意思？

（5）这是一首劝酒诗，诗人想通过劝酒表达什么样的情感？

4. 早发白帝城

朝 辞白帝彩云间，

千里江陵一日 还 。

两岸 猿 声啼不住，

轻舟已过万 重 山。

〔注释〕

发：出发，启程。

白帝：白帝城，在今重庆奉节白帝山上。

朝：早晨。

辞：告别。

江陵：今湖北荆州市。从白帝城到江陵约一千二百里，其间包括七百里三峡。

还：回来。

猿声：猿猴叫声。常说其叫声凄厉，闻者会掉下眼泪。

住：停住。

〔译文〕

早晨我告别高入彩云的白帝城，

一天时间就回到了千里之外的江陵。

长江两岸的猿声还在耳边不停地啼叫，

我的小船已飞快地穿过万重青山。

〔赏析〕

这是李白生平中"第一快诗"，写了他遇赦放还后的喜悦心情。759 年，李白因参加永王李璘叛乱一事而被流放夜郎，行至白帝城时被皇帝赦免，在顺长江而下的归途中写下此诗。前两句写船行之急，辞"白帝"于"彩云"间，绚烂的颜色已经露出诗人内心的喜悦；千里之遥的江陵竟然只用一天的时间"还"，不仅是写船行之快，而且传达出自己获释后心情的轻快。第三、四句写一天之内自己的"闻"与"见"：两岸令人哀伤的猿声还在耳边，可诗人的小船已经掠过万重山峦，再次突显小船的快速如飞。读完此诗，船上诗人重获自由时喜悦的神态如在目前。

〔思考〕

（1）找出这首诗中使用夸张手法的地方。

（2）诗人的轻快喜悦之情是怎么和外界景物结合在一起表现的？

练 习

一、选择填空

1. 浪漫、自由的李白被称为（　　　　）。

A. 诗圣　　　　B. 诗佛　　　　C. 诗仙　　　　D. 诗豪

2. 杜甫曾说"李白（　　　　）诗百篇，长安市上酒家眠"。

A. 一杯　　　　B. 一碗　　　　C. 一瓶　　　　D. 一斗

3. "送孟浩然之广陵"中的"广陵"是指（　　　　）。

A. 扬州　　　　B. 武汉　　　　C. 广州　　　　D. 南京

4. "黄鹤楼"是江南三大名楼之一，在今天的湖北（　　　　）市。

A. 扬州　　　　B. 武汉　　　　C. 南昌　　　　D. 岳阳

5. "陈王昔时宴平乐"中的"陈王"是指（　　　　）。

A. 陈胜　　　　B. 李白　　　　C. 曹植　　　　D. 陈平

6. "白帝城"是在（　　　　）的旁边。

A. 黄河　　　　B. 长江　　　　C. 淮河　　　　D. 珠江

二、解释带点字的意思，并组词

1. 故人西辞黄鹤楼。（　　　　　　）　　＿＿＿＿＿＿＿　＿＿＿＿＿＿＿

2. 相看两不厌。（　　　　　　）　　＿＿＿＿＿＿＿　＿＿＿＿＿＿＿

3. 朝辞白帝彩云间。（　　　　　　）　　＿＿＿＿＿＿＿　＿＿＿＿＿＿＿

4. 主人何为言少钱。（　　　　　　）　　＿＿＿＿＿＿＿　＿＿＿＿＿＿＿

5. 与尔同销万古愁。（　　　　　　）　　＿＿＿＿＿＿＿　＿＿＿＿＿＿＿

三、连词成句，然后翻译诗句

1. 下　黄鹤楼　故人　三月　扬州　烟花　西辞

＿＿＿＿＿＿＿＿＿＿＿＿＿＿＿＿＿＿＿＿＿＿＿＿＿＿＿＿＿＿＿＿＿

2. 江陵　间　还　白帝　千里　彩云　一日　朝辞

＿＿＿＿＿＿＿＿＿＿＿＿＿＿＿＿＿＿＿＿＿＿＿＿＿＿＿＿＿＿＿＿＿

3. 还　天生　千金　我材　散尽　有用　必　复来

＿＿＿＿＿＿＿＿＿＿＿＿＿＿＿＿＿＿＿＿＿＿＿＿＿＿＿＿＿＿＿＿＿

4. 两　只有　山　相看　敬亭　不厌

_____

5. 其名　圣贤　饮者　寂寞　古来　惟有　皆　留

_____

四、回答问题

1. 你觉得喝酒有助于诗人的创作吗？

2. 如果你是李白，请以第一人称"我"回忆一下送别好朋友孟浩然的前后经过，尽量做到情景融合。

3. 学习完这四首诗，说一说你心目中的李白是什么样的。

五、选择李白诗歌中你最喜欢的一首，朗读录音后发送到古代文学课群，更欢迎分享到你的朋友圈

扩展阅读

李白醉草吓 蛮^{mán} 书

传说有一年春天，李白在长安参加科举考试，他才思敏捷，第一个就交了卷。那年的主考官是杨贵妃的哥哥杨国忠，还有宦官高力士。这两个都是爱财之人，因为李白事先并没有送金银给他们，当杨国忠看到卷子上有李白的名字，看也不看就说："这样的书生，只配给我磨墨。"高力士说："磨墨也不 中^{zhòng} ，只配给我穿袜脱靴"，试卷被考试官乱批了一通后，李白自然没有考中。

一年后，有外国使者给皇帝唐玄宗送来一封国书，打开一看都是外文，满朝大臣没有一个认识，不知信上写的什么内容，更不知道该怎么有理有力地回复对方。唐玄宗很生气，下令朝臣九天之内必须找到一位有才华的人翻译并回复这封国书，否则一律都要受罚。有人向皇帝推荐了博学多能的李白，皇帝一听，立刻下诏宣李白进宫。

李白看了一遍对方的国书，马上就流利地翻译出来，原来是这个国家要发兵抢占高丽（古国名）。皇帝问如何可以应敌，两班的文武大臣都像泥塑和木雕一样，无法回应。这时，只有李白献出一条计策，说只需要用对方的语言写一封同样言语的诏书，就可以让对方打消动兵的念头。唐玄宗一听十分高兴，立刻拜李白为翰林学士，并在

luán
金 銮 殿设宴，让李白开怀畅饮。

　　第二天早上，皇帝召李白上殿，见李白仍然面带酒色，醉眼蒙眬，就吩咐厨房马上做一碗醒酒汤，赐给李白。周围的百官又惊又喜，只有杨国忠、高力士神情严肃，内心不悦。使者入朝后，李白手捧对方的国书，立于左侧柱下，朗声而读，一字不差。

jīng
台阶下的使者内心害怕，战战 兢 兢。

　　皇帝又准备好笔墨纸砚，赐给李白座位，让他写回复对方的国书。李白说自己之前考试被国师杨国忠批落，被高力士赶逐，今天见到这两人，心里的精气神就不旺。如果能让杨国忠给自己捧砚磨墨，让高力士给自己脱靴解袜，那就能心生豪气，下笔有力，一定能模仿好皇帝说话的口气。皇帝正在用人之际，只得叫杨国忠捧砚、高力士为李白脱靴。杨国忠、高力士二人哪敢违背皇帝的命令，只有乖乖地照办。

　　李白写好字画齐整的应对诏书，并宣对方使者上前静听，重读一遍，读得声韵

kēngqiāng
铿 锵 ，听得那使者不敢出声，面如土色。回到本国后，使者把经过详细地告诉了自己的国王。国王又看了回复的国书，也大吃一惊，觉得唐朝能有这样的神仙帮助，自己怎么能打得过？所以就决定放下武器，两国和平相处。

（改编自冯梦龙《警世通言》）

第十一课 "诗圣"杜甫

杜甫简介

杜甫（712—770），字子美，生于河南巩县（今河南巩义市），祖籍京兆杜陵（陕西西安东南杜陵），自称"杜陵布衣"。

杜甫生活在唐朝由盛转衰的历史时期，他的诗歌把个人的不幸与时代的动荡、老百姓的苦难紧密联系起来，全面地反映了那个时代的社会生活，大胆地揭示了社会矛盾，反映了百姓的生活疾苦，其诗被称为"诗史"。下面我们通过一些诗句了解"诗圣"的一生。

杜甫像（蒋兆和画，中国国家博物馆藏）

"读书破万卷，下笔如有神"

杜甫小时候博览群书，才华出众。他的家世显赫，从小受儒家文化影响，以天下为己任，积极入世，希望能有所作为。年轻时杜甫游览东岳泰山，写下了名作《望岳》，"会当凌绝顶，一览众山小"，这首诗不仅写出了泰山的雄奇之美，更表现了杜甫宽广的胸襟和远大的志向。

"朝扣富儿门，暮随肥马尘"

36 岁时，杜甫满怀信心地来到长安参加科举考试，可惜受到小人阻碍未能得官。为了生存求官，他不得不奔走于权贵之门，希望得到赏识和推荐，后来才被任命为一个小小的官职。当秋天杜甫返回老家看望妻儿时，发现小儿子已被活活饿死。他怀有强烈的功业挫败感和对亲人的歉疚感，对社会的黑暗与不合理发出感慨："朱门酒肉臭，路有冻死骨。"

"两个黄鹂鸣翠柳，一行白鹭上青天"

755 年，安史之乱爆发，次年潼关失守，长安陷落，皇帝西逃。杜甫不幸被叛军俘虏，陷落长安。期间杜甫写下了有名的《春望》。48 - 59 岁的杜甫一直漂泊在西南。在朋友的帮助下，在成都浣花溪边搭建起"浣花草堂"，也称"杜甫草堂"，生活上有了短暂的平静安逸。不过，后来四川大乱，杜甫的生活失去了依靠，只好离开客居六

年的四川，再次带着家小流浪逃难，顺着长江出川，又因年老多病滞留在夔^{kuí}州。不过，无论杜甫走到哪里，都心系朝廷和天下苍生。

"飘飘何所似，天地一沙鸥"

出了三峡后，杜甫一直漂流在湖北、湖南一带。大历五年（770）冬天，贫病交加

的杜甫客死于湖南耒^{lěi}阳的一条旅船上，终年 59 岁。

杜甫的一生，亲历了大唐的辉煌，又亲历了国家的动荡、时代的剧变，他一辈子在外漂泊，过着凄凉苦难的生活，但他始终把个人命运和国家的命运结合起来，心系百姓和国家，忧国忧民，诗歌中充满着浓烈的情感，亲情、友情、邻里情，乃至君臣情、家国情。因为杜甫人格伟大，诗艺精湛，所以被后人奉为"诗圣"。

$$\boxed{课\ 文}$$

1. 春望

国<u>破</u>山河在，<u>城</u>春草木深。

<u>感时</u>花溅泪，<u>恨别</u>鸟惊心。

（jiàn）

<u>烽火</u>连<u>三月</u>，<u>家书抵</u>万金。

（fēng）　　　（dǐ）

白头<u>搔</u>更短，<u>浑欲不胜</u>簪。

（sāo）　　　（shēngzān）

［注释］

破： 陷落。指安史叛军占领了长安。

城： 指长安城。

感时： 为时局而感伤。

恨别： 为离别而怅恨。

烽火： 代指战争。

三月： 虚数，两个春天过去了，指很长时间。

家书： 家里的信。

抵： 值得上。

搔： 用手指轻轻地抓，代表解愁的动作。

浑欲： 几乎要。

不胜： 禁不住，承受不了。

〔译文〕

国家破碎，只有山河依旧；春天来了，长安城里却草木茂密、人烟稀少。

感伤时事，见花开不禁落泪，泪水溅在花上；因愁恨别离，听到鸟的鸣叫不禁胆战而心惊。

战火已经持续了很久，一封家信抵得上万两黄金。

因为愁绪烦扰，白发越搔越短，几乎要插不上簪子了。

〔赏析〕

这是一首五律。756 年，杜甫为安史叛军所俘，困在长安。此时的长安城经过叛军的抢掠后，四望荒凉。诗人与家人久别，不通消息，存亡未卜。诗人写词诗忧伤国事，想念家人，情感真挚，感人至深。诗中的第二联写自己感伤时事，因见花开而落泪，泪水溅于花上；愁恨别离，因闻喧闹的鸟鸣而胆战心惊，体现了杜甫"语不惊人死不休"的语言追求。

〔思考〕

（1）"城春草木深"说明当时的长安城是什么情况？
（2）怎么理解第二联的意思？
（3）杜甫为什么说一封家书可以"抵万金"？

2. 春夜喜雨

好雨知时节，当春乃发生。

随风潜入夜，润物细无声。

野径云俱黑，江船火独明。

晓看红湿处，花 重 锦官城。

〔注释〕

时节：时间和节气。

乃：就。

发生：萌发生长。

潜：悄悄地。

野径：田间小路。

俱：都。

晓：天亮。

红湿处：被雨水湿润的花丛。

花重：花沾上雨水而变得沉重。

锦官城：指成都，历史上成都盛产蜀锦，又因设置锦官管理蜀锦生产而得名。

〔译文〕

好雨真会挑选时间，当春天来到时就会降临。

（它）随着风悄悄进入夜幕，细细密密，无声地滋润着万物。

田野小路被乌云笼罩，江上渔船闪烁着几点明亮的灯火。

如果明天早上去看花开的地方，整个成都都会开满沉甸甸、红艳艳的鲜花。

〔赏析〕

这是一首有名的五律，写于761年，杜甫当时住在成都草堂，生活暂时安定下来，心情比较舒畅。而锦官城（成都）在冬天的久旱之后，终于等来了春天的一场"好"雨。"久旱逢甘霖"，杜甫欣喜不已，写下此诗。诗歌第一、二联用"知""潜"等字，将春雨人格化，写出了春雨的可爱。这场雨通人性、知人意，灵巧聪明，滋润万物而不讨好取媚，只是静静地奉献。第三、四联颜色对比强烈，有很强的画面感。天上地上黑成一片，而只有江船上一点红红的灯火时明时暗。最后一联更多的是诗人的想象，早上人们醒来，会发现整个锦官城是花的海洋，花朵经过雨水的浸润会更加饱满、更加艳丽，充满生机。全诗未用一个"喜"字，但喜悦之情洋溢在字里行间。

〔思考〕

（1）你能想到三个形容"雨"的词吗？

和风细雨：_____　　_____　　_____

（2）"好雨"知时节的"好"体现在哪些方面？

（3）《春夜喜雨》中的"喜"从何而来？

3. 茅屋为秋风所破歌

八月秋高风怒号（háo），卷我屋上三重茅（chóngmáo）。茅飞渡江洒江郊，高者挂罥（juàn）长林梢（shāo），下者飘转沉塘坳（táng'ào）。

南村群童欺我老无力，忍能对面为盗（dào）贼，公然抱茅入竹去。唇焦口燥（zào）呼不得，归来倚杖自叹息。

俄顷（é qǐng）风定云墨色，秋天漠漠向昏黑。布衾（qīn）多年冷似铁，娇儿恶卧踏里裂。床头屋漏无干处，雨脚如麻未断绝。自经丧乱（sāng）少睡眠，长夜沾湿何由彻（chè）？

安得广厦千万间，大庇天下寒士俱欢颜！风雨不动安如山。
呜呼！何时眼前突兀见此屋，吾庐独破受冻死亦足！

〔注释〕

秋高：秋深。

挂罥：挂着，挂住。**罥**：挂。

长林：高的树枝。

塘坳：低洼积水的地方（即池塘）。

忍能：忍心这样。

对面：当面。

呼不得：喝止不住。

俄顷：不久，顷刻之间。

漠漠：阴沉迷蒙。

向：渐渐。

恶卧：睡相不好。

裂：使动用法，使……裂。

雨脚如麻：形容雨点不间断，像下垂的麻线一样密集。**雨脚**：雨点。

丧乱：战乱，指安史之乱。

沾湿：潮湿不干。

何由彻：如何才能挨到天亮。**彻**：彻晓。

广厦：宽敞的大屋。

庇：遮盖，掩护。

突兀：高耸的样子，这里用来形容广厦。

见：通"现"，出现。

足：值得。

杜甫草堂的茅屋（温馨绘）

［译文］

八月秋深，狂风怒号，风卷走了我屋顶上好几层茅草。茅草乱飞，渡过溪水，散落在对岸江边。飞得高的茅草挂在高高的树梢上，飞得低的飘飘转转地落到了低洼的水塘里。

南村的一群儿童欺负我年老没力气，竟然忍心当着我的面这样做盗贼，毫无顾忌地抱着茅草跑进竹林去。我喊得唇焦口燥也没有用，只好回来拄着拐杖感叹自己（的不幸和世风浅薄）。

一会儿风停了，天上的乌云黑得像墨一样，秋天天色阴沉，渐渐黑下来。布被盖了多年，又冷又硬，像铁板似的。孩子睡相不好，胡蹬乱踢，把被子都蹬破了。屋顶漏雨，床头都没有一点干的地方。雨点像线条一样下个不停。自从战乱以来，我的睡眠时间很少，长夜漫漫，屋漏床湿，怎么才能挨到天亮！

怎么能得到千万间宽敞的大房子，庇护天下所有贫寒的读书人，让他们个个都能开颜欢笑！风雨中房子不会动摇，安稳得像山一样。唉！什么时候眼前出现这样高高的房屋，哪怕只有我的茅屋被吹破，哪怕自己受冻而死也甘心！

〔赏析〕

这是一首非常感人的七言歌行。写作时间与上一首《春夜喜雨》相近，此时杜甫一家刚刚结束漂泊，在成都的浣花溪边盖起了一座茅屋，生活总算能安定下来。但秋风怒号，卷走屋上茅草，大雨又接踵而至，长夜难眠，诗人从个人"长夜沾湿何由彻"的痛苦，联想到风雨中千千万万衣食无着落的穷苦百姓，发出"安得广厦千万间，大庇天下寒士俱欢颜"的呼喊，表现出博大的推己及人的仁者情怀。

〔思考〕

（1）"南村群童"为什么要抱走那些茅草？

（2）诗人仅仅是为自己的房破漏雨而痛苦叹息吗？他想到了什么？

练 习

一、选择填空

1. 杜甫被称为（　　　）。

A. 诗佛　　　　B. 诗仙　　　　C. 诗豪　　　　D. 诗圣

2. "语不惊人死不休"说的是（　　　）在诗歌语言表达上的追求。

A. 杜甫　　　　B. 白居易　　　　C. 李白　　　　D. 王维

3. "城春草木深"中的"城"是指（　　　）。

A. 成都　　　　B. 长安　　　　C. 洛阳　　　　D. 白帝城

4. "自经丧乱少睡眠"中的"丧乱"指的是（　　　）。

A. 安史之乱　　B. 丧子　　　　C. 丧家　　　　D. 丢官

二、解释带点字的意思，并组词

1. 家书抵万金（　　　　　　　）　　_____　　_____

2. 随风潜入夜（　　　　　　　）　　_____　　_____

3. 感时花溅泪（　　　　　）　　＿＿＿＿＿　　＿＿＿＿＿

4. 野径云俱黑（　　　　　）　　＿＿＿＿＿　　＿＿＿＿＿

5. 晓看红湿处（　　　　　）　　＿＿＿＿＿　　＿＿＿＿＿

6. 雨脚如麻未断绝（　　　　）　　＿＿＿＿＿　　＿＿＿＿＿

7. 大庇天下寒士俱欢颜（　　　）　　＿＿＿＿＿　　＿＿＿＿＿

8. 风雨不动安如山（　　　　）　　＿＿＿＿＿　　＿＿＿＿＿

三、连词成句，然后翻译诗句

1. 连　家书　烽火　万金　三月　抵

　＿＿＿＿＿＿＿＿＿＿＿＿＿＿＿＿＿＿＿＿＿＿＿＿＿＿＿＿

2. 潜　润物　无声　随风　细　入夜

　＿＿＿＿＿＿＿＿＿＿＿＿＿＿＿＿＿＿＿＿＿＿＿＿＿＿＿＿

3. 花　惊心　鸟　溅泪　恨别　感时

　＿＿＿＿＿＿＿＿＿＿＿＿＿＿＿＿＿＿＿＿＿＿＿＿＿＿＿＿

4. 深　山河　城春　国破　在　草木

　＿＿＿＿＿＿＿＿＿＿＿＿＿＿＿＿＿＿＿＿＿＿＿＿＿＿＿＿

5. 千万　欢颜　安得　天下　俱　间　寒士　大庇　广厦

　＿＿＿＿＿＿＿＿＿＿＿＿＿＿＿＿＿＿＿＿＿＿＿＿＿＿＿＿

四、根据课文内容填空并熟读以下诗句

　安得＿＿＿＿＿＿千万间，大庇＿＿＿＿＿＿俱欢颜！＿＿＿＿＿＿＿。呜呼！
何时眼前突兀＿＿＿＿＿＿，吾庐＿＿＿＿＿＿亦足！

五、复习所学对偶句，为下面的诗句做对偶搭配，把相应符号填入括号中

　　{ 烽火　连　三月 　　　　　　　{ 野径　云　俱黑
　　{ 家书　抵　万金 　　　　　　　{ 江船　火　独明

1. 亲朋无一字（　　　）　　　　　A. 青春作伴好还乡

2. 星垂平野阔（　　　）　　　　　B. 不尽长江滚滚来

3. 白日放歌须纵酒（　　　）　　　C. 老病有孤舟

4. 无边落木萧萧下（　　　）　　　D. 月涌大江流

162

六、回答问题

1. 长安是唐朝国都，你觉得战乱之前的长安应该是什么样的？

2. 同为写春天，杜甫的《春望》与孟浩然的《春晓》在情感表达上有什么不一样？

3. "润物细无声"还可以用来形容什么？

4. 《茅屋为秋风所破歌》与儒家所说的"推己及人"思想有联系吗？

七、根据《春望》的内容展开想象，以杜甫的口吻给家人写一封信

第十二课　千古风流苏东坡

『 导　读 』

什么是词？　词有哪些特点？

我们常说唐诗、宋词、元曲，随着时代的发展，词成为宋代的代表性文学样式。宋代词人有很多，最著名的有苏轼、李清照、辛弃疾等。

词是一种音乐文学，是可以和音乐配合演唱的诗歌。诗有题目，词有调名。词调规定了这首词的音律，包括字数、字声、用韵，不能随意改变，所以人们常说"写诗填词"。有的词是以调名作为题目，比如《定风波》，有的在调名外另加了题目，比如《念奴娇·赤壁怀古》。词分片，一般分上、下两片（也叫上、下 阙^{què}，小令不分片）。片即"遍"，乐曲演奏一遍或唱一遍的意思。

词在风格上分为婉约和豪放两派。婉约词主要是表达委婉细腻的情感，比如离情别绪、男女恋情，豪放词主要表达远大的人生抱负、社会现实的变化。

苏轼简介

苏轼（1037—1101），字子 瞻^{zhān}，号东坡居士，四川眉山人。苏轼与弟苏 辙^{zhé} 同年中进士，他的父亲苏 洵^{xún} 也善写文章，苏氏父子在当时皆负盛名，世称"三苏"。

苏轼离开我们已经九百多年，但之后历朝历代的中国人都敬仰和热爱苏东坡，一方面是由于苏轼的人格魅力，面对人生的种种打击，他能以旷达乐观的态度超然物外；另一方面是由于他天赋的才华，他的诗词文书画都具有极高的艺术价值，他是中国文化史上罕见的全才。

四川眉山三苏祠苏轼雕像

找出下面文字中代表苏轼身份的名词

"一个不可救药的乐天派，一个伟大的人道主义者，一个百姓的朋友，一个大文豪，大书法家，创新的画家，造酒实验家，一个工程师，一个假道学的憎恨者，一位
yújiā
瑜珈术修行者、佛教徒，巨儒政治家，一个皇帝的秘书，酒仙，心肠慈悲的法官，一
huīxié
个政治上的坚持己见者，一个月夜的漫步者，一个诗人，一个生性诙谐爱开玩笑的人。但是这还不足以道出苏东坡的全部。一提到苏东坡，中国人只是亲切而温暖地会心一笑，这个结论也许是最能表现他的特质。"（林语堂《苏东坡传》）

课　文

1. 水调歌头·明月几时有

bǐng　　　　　　　　　　　　　　　　　　jiān
　丙 辰中秋，欢饮达旦，大醉，作此篇，兼 怀子由。

明月几时有？把酒问青天。不知天上宫阙，今夕是何年。我

欲乘风归去，惟恐 <ruby>琼楼玉宇<rt>qióng</rt></ruby>，高处不<ruby>胜<rt>shēng</rt></ruby>寒。起舞弄清影，何似在人间！

     转朱<ruby>阁<rt>gé</rt></ruby>，低<ruby>绮<rt>qǐ</rt></ruby>户，照无眠。不应有恨，何事长向别时圆？人有悲欢离合，月有阴晴圆缺，此事古难全。但愿人长久，千里共<ruby>婵<rt>chán</rt></ruby>娟。

〔注释〕

丙辰：1076 年。这年苏轼在密州（今山东诸城）任太守。

达旦：到天亮。

子由：弟弟苏辙的字。

把酒：端起酒杯。

天上宫阙：月中宫殿。

今夕：今天晚上。

归去：回去，指回到月宫里去。

琼楼玉宇：美玉砌成的楼宇。

不胜：经受不住。

弄清影：与影子起舞。弄：玩赏。

何似：哪里比得上。

朱阁：朱红色的楼阁。

低绮户：（月光）低低地照进有花纹的窗户。

无眠：指难以入睡的人。

何事：为什么。

但愿：只愿。

共：一起。

婵娟：月色美好。这里指月亮。

〔译文〕

　　明月从什么时候开始有的呢？我举起酒杯询问苍天。不知道月亮上的宫殿，今夜是哪年的夜晚。我想凭借着风力回到天上去看一看，又担心美玉砌成的楼宇，太高了我经受不住那种寒冷。起身跳舞玩赏着自己的影子，哪里比得上在人间（的热闹）。

　　月光转过朱红色的楼阁，低低地挂在有花纹的窗户上，也照着屋里难以入睡的人。明月不应该对人们有什么怨恨吧，可为什么总是在人们离别的时候才圆圆的呢？人有悲伤、欢乐、离别、团聚，月亮也有阴、晴、圆、缺的变化，这件事自古以来就很难周全。只希望人们都可以长久平安，即使远隔千里此刻也能一起欣赏这美好的月亮。

〔赏析〕

　　这首词被誉为"千古中秋词"，写苏轼对亲人的思念，表现了作者旷达的态度和乐观的精神。当时苏轼在密州做官，在政治上不得意，又有七年时间不能和弟弟苏辙相聚。词的上片从喝酒问月开始，借着醉意，词人幻想着自己能上天游仙，超脱尘世的烦恼，但最终还是留恋人间热闹而又回归，这其实是苏轼出世与入世矛盾的反映。词的下片写望月怀人，词人因思念情切竟生出对月亮的埋怨，又从月亮阴晴圆缺的变化感叹人生的无常也是自然之道，最后诗人以旷达乐观的态度看待人间的悲欢离合，发出了"但愿人长久，千里共婵娟"的美好祝愿：但愿人们年年平安长久，相隔千里也能够共享这美好的月光。整首词构思奇特，极富浪漫色彩。

〔思考〕

　　（1）中秋时节，天上的一轮月亮引发了作者的哪些联想？
　　（2）月亮的阴晴圆缺代表了什么？你能朗诵或演唱这首词吗？

2. 念奴娇·赤壁怀古

大江东去，浪淘尽，千古风流人物。故垒西边，人道是，三国周郎赤壁。乱石穿空，惊涛拍岸，卷起千堆雪。江山如画，一时多少豪杰！

遥想公瑾当年，小乔初嫁了，雄姿英发。羽扇纶巾，谈笑间，樯橹灰飞烟灭。故国神游，多情应笑我，早生华发。人生如梦，一樽还酹江月。

〔注释〕

念奴娇：词牌名。

赤壁：三国时蜀汉、孙吴和曹魏大战的地方。

怀古：怀念古人古迹。

大江：长江。

故垒：过去遗留下来的营垒。

周郎：指三国时吴国名将周瑜，字公瑾，少年得志，24 岁为将，掌管东吴重兵。

雪：比喻浪花。

遥想：回忆。

小乔：江东美女，嫁给了周瑜。

英发：谈吐不凡，见识卓越。

纶巾：青丝制成的头巾。

樯橹：樯：挂帆的桅杆。橹：一种摇船的桨。这里代指曹军战船。

故国：这里指旧地，当年的赤壁战场。

神游：在想象中游历。

华发：花白的头发。

樽：酒杯。

还酹：古人以酒浇在地上祭奠。

［译文］

长江浩浩荡荡向东流去，浪花里淘尽多少英雄人物。人们都说那旧营垒的西边，就是三国时期赤壁之战的所在地。陡峭的石壁直穿天空，惊涛拍打着江岸，浪花好像卷起的千堆白雪。江山壮美如图画，一时间涌现出多少英雄豪杰！

回忆起当年的周瑜周公瑾，小乔刚刚嫁给他，他英姿勃发，手摇羽扇，头戴纶巾，谈笑之间，曹军的战船被烧得灰飞烟灭。今天我神游当年的战场，应该笑我有些多情，早早地生出了白发。人生就像一场梦，暂且用一杯酒祭奠江上的明月吧。

［赏析］

这首词是苏轼豪放词的代表作之一，意境雄奇、风格豪迈，写于苏轼遭受政治上的打击、贬官黄州之时。词的上片写景，描绘长江赤壁壮阔奇丽的景色，"乱""穿""惊""拍""卷"等词语的运用，精妙地勾画了古战场的险要，为下片英雄人物的出场做了铺垫。词的下片写人，表达对英雄人物周瑜的仰慕，写"小乔"也意在烘托周瑜的神采。在壮美江山和英雄功业的激发下，词人有了年华逝去却功业无成的伤感。当然，这种"人生如梦"的伤感并不是这首词的主调，反而是苏轼仍愿意有所作为、努力进取、奋发向上的表现。瑰丽雄奇的自然风光，雄姿英发的英雄人物，对人生理想的不断追求，这三者交织在一起，构成了这首词高旷豪迈的风格。

［思考］

（1）长江边赤壁古战场的景色是什么样的？

（2）描绘一下词中塑造出的周瑜形象。

（3）苏轼最后为什么会感慨"人生如梦"？整首词贯穿始终的是"人生如梦"的思想吗？

3. 定风波

三月七日，<u>沙湖</u>道中遇雨，雨具先去，同行皆狼狈，<u>余</u>独不觉。<u>已而</u>遂晴，故作此词。

莫听穿林打叶声，<u>何妨</u><u>吟啸</u>且<u>徐行</u>。竹杖<u>芒鞋</u>轻胜马，谁怕！<u>一蓑</u>烟雨任平生。

<u>料峭</u>春风吹酒醒，微冷，山头<u>斜照</u>却相迎。回首<u>向来</u><u>萧瑟</u>处，归去，<u>也无风雨也无晴</u>。

〔注释〕

定风波：词牌名。

沙湖：在今湖北黄冈东南。

余：我。

已而：过了一会儿。

何妨：不妨。

吟啸：放声吟咏。

徐行：慢慢走。

芒鞋：草鞋。

一蓑：蓑衣，用草编的雨衣。

料峭：微寒的样子。

斜照：斜阳。

向来：刚才。

萧瑟：风吹树叶声，形容冷清、凄凉。

也无风雨也无晴：既不怕风雨也不喜晴。

〔译文〕

不用听那穿林打叶的雨声，不妨一边吟唱一边从容而行。竹杖、草鞋轻便得胜过骑马，有什么可怕的？（穿）一身蓑衣，任凭风吹雨打过这一生。

春风寒凉，吹醒我的酒意，微微有些冷，山头露出的斜阳却来迎接。回头看看我刚才经历风雨的地方，回去吧，不管它是风雨还是放晴。

〔赏析〕

这首词写苏轼在路上遇到大雨的经历，借此表露了自己的人生态度，展示了他豪爽开朗的性格。词前的小序值得注意，是对词作内容的补充。面对突如其来的风雨，由于"雨具先去"，同行的人都显得很狼狈，而苏轼却潇洒面对。词的上片，写他从容的态度。他对风雨"穿林打叶"之声不以为意，"竹杖芒鞋"虽然简单，但觉得比骑马前行更加轻便，在雨中的"吟啸徐行"则更有一番乐趣。下片写雨过天晴后的感受。雨停之后，山上的斜阳又照在身上，好像在迎接自己。这自然界的风风雨雨和人生旅途上的坎坷挫折是一样的，只要坦然接受，就没有过不去的时候。此时的苏东坡虽然被贬黄州，但他还是能发现生活中的美好，在逆境之中保持乐观的情绪，以解脱自己的苦闷。

〔思考〕

（1）"雨"在这首词中有几层意思？

（2）"也无风雨也无晴"的"也无晴"是什么意思？

4. 记承天寺夜游

元丰六年十月十二日夜，解衣欲睡，月色入户，欣然起行。念无与为乐者，遂至承天寺寻张怀民。怀民亦未寝，相与步于中庭。庭下如积水空明，水中藻、荇交横，盖竹柏影也。

何夜无月？何处无竹柏？但少闲人如吾两人者耳。

〔注释〕

承天寺：在今湖北省黄冈市。

元丰六年：1083 年。元丰：宋神宗年号。

欣然：高兴、愉快的样子。

念：考虑，想到。

无与为乐者：没有可以共同游乐的人。

遂：于是，就。

至：到。

张怀民：作者的朋友。元丰六年也被贬到黄州。

相与：共同，一同。

步：散步。

中庭：庭院。

空明：形容水的澄澈。这里形容月色如水般澄净明亮。

藻、荇：水草。

交横：交错纵横。

盖：句首语气词，原来是。

但：只。

闲人：清闲的人。这里指因为被贬而摆脱名利束缚、能享受美好的人。
耳：而已，罢了。

〔译文〕

元丰六年十月十二日夜，（我）脱下衣服准备睡觉，月光洒入屋内，（我）高兴地起床出门散步。想到没有可以和我共同游乐的人，于是到承天寺寻找张怀民。怀民也没有睡，（我们）便一同在庭院中散步。庭院中的月光像清澈透明的积水一般，水中还有交错的水草，原来那是竹子、柏树的影子啊。

哪一个夜晚没有月亮？哪个地方没有竹子、柏树呢？只是缺少像我们两个这样的闲人罢了。

〔赏析〕

这是一篇非常有名的小品文，记叙的是苏轼被贬黄州期间的一次夜游。文章篇幅短小，只有 85 个字，但时间、地点、人物、事情经过都记叙得很清楚，寺院月色的描写语言简练而优美，最后的议论包含了幽微而复杂的人生感慨，既有对自己和同为贬谪身份的朋友的自嘲，又表达出随缘自适的人生态度。

〔思考〕

（1）文中哪几句是在写月光的皎洁？是如何描写的？
（2）苏轼为什么说自己是"闲人"？

练　习

一、选择填空

1.（　　　）是宋代文学的代表性样式。

A. 诗　　　　　　B. 词　　　　　　C. 曲　　　　　　D. 小说

2. 宋词是可以配合（　　　　）演唱的。

A. 节拍　　　　B. 演员　　　　C. 音乐　　　　D. 舞蹈

3. 念奴娇、定风波等都是（　　　　）。

A. 题目　　　　B. 词牌名　　　　C. 主题　　　　D. 人名

4. 苏轼，字子瞻，号（　　　　）居士，四川眉山人。

A. 东坡　　　　B. 五柳　　　　C. 杜陵　　　　D. 青莲

5. 苏轼的《水调歌头·明月几时有》是写在（　　　　）的晚上。

A. 重阳节　　　　B. 中秋节　　　　C. 春节　　　　D. 端午节

二、解释带点字的意思，并组词

1. 惟恐琼楼玉宇（　　　　　　）　　　_____　　　_____

2. 今夕是何年（　　　　　　）　　　_____　　　_____

3. 大江东去，浪淘尽，千古风流人物（　　　　　　）　　　_____　　　_____

4. 何妨吟啸且徐行（　　　　　　）　　　_____　　　_____

5. 同行皆狼狈（　　　　　　）　　　_____　　　_____

6. 一蓑烟雨任平生（　　　　　　）　　　_____　　　_____

三、连词成句，然后翻译诗句

1. 几时　青天　问　有　把酒　明月

_____

2. 何妨　穿林　莫听　徐行　声　打叶　且　吟啸

_____

3. 任　料峭　烟雨　吹　春风　平生　酒醒　一蓑

_____

4. 婵娟　长久　千里　人　共　但愿

_____

四、选择动词填空，并说明理由

1. 大江东去，浪（　　　　　　）尽，千古风流人物（淘　打）

2. 乱石（　　　　　　）空（穿　刺）

3. 惊涛（　　　　　）岸（打　拍）

4. （　　　　　）起千堆雪（吹　卷）

五、翻译语句

1. 人有悲欢离合，月有阴晴圆缺，此事古难全。但愿人长久，千里共婵娟。

_____

_____

2. 三月七日，沙湖道中遇雨，雨具先去，同行皆狼狈，余独不觉。已而遂晴，故作此词。

_____

_____

六、请为下面的句子排序

1. 庭下如积水空明

2. 念无与为乐者，遂至承天寺寻张怀民

3. 但少闲人如吾两人者耳

4. 解衣欲睡，月色入户，欣然起行

5. 怀民亦未寝，相与步于中庭

6. 水中藻、荇交横，盖竹柏影也

7. 何夜无月？何处无竹柏？

8. 元丰六年十月十二日夜

正确顺序是（　　　　　　　　　　　）

七、说一说，你觉得苏东坡在你心目中是一个什么样的诗人

八、按照《记承天寺夜游》的内容，以"我"的口吻写一则日记

九、学唱歌曲《但愿人长久》

扩展阅读

1. 庐山真面目

出处：苏轼的《题西林壁》

横看成岭侧成峰，远近高低各不同。

不识庐山真面目，只缘身在此山中。

释义：庐山本来的面目。

例句：

（1）在展览会上，传说已久的智能机器人终于露出了它的"庐山真面目"。

（2）人之所以看不清事情的真相，"不识庐山真面目"，只因为常常自己就是当事人，身在其中，带有偏见。

2. 淡妆浓抹

出处：苏轼的《饮湖上初晴后雨二首·其二》

水光潋滟晴方好，山色空蒙雨亦奇。

欲把西湖比西子，淡妆浓抹总相宜。

释义：女子素淡或者浓艳的妆饰。也有"浓妆艳抹"一词。

例句：

（1）无论是淡妆还是浓抹，这位女演员都很好看。

（2）来到江南，就好像进入了淡妆浓抹的一幅画卷。

第十三课　草船借箭

《三国演义》是中国古代第一部历史演义小说，主要写了三国时代各方诸侯（zhūhóu）争夺天下的故事。东汉末年，天下大乱，曹操"挟（xié）天子以令诸侯"，经过争战，统一了北方。赤壁之战以后，曹操占据北方，刘备在成都建立了蜀汉政权，孙权占据江东建立吴国，天下三分，魏、蜀、吴三国鼎（dǐng）足而立。但后来几度兴衰，天下都归了晋朝。《三国演义》全书一共120回，可分三大部分：

1～33回：汉末大乱，群雄并起，董卓乱华，官渡之战后曹操统一北方。

34～80回：刘备集团崛起和壮大，赤壁之战后三国鼎立，三分天下。

诸葛亮像（2021级印度尼西亚学生萧钰欣绘）

81～120回：夷陵之战。司马禅魏，鼎足之势瓦解，三国归晋。

《三国演义》是一幅英雄的画卷，塑造了很多生动鲜明的人物形象，如奸诈狡猾的曹操、仁德爱民的刘备、智慧忠贞的诸葛亮、忠义神勇的关羽、急躁莽撞的张飞、多疑而有计谋的司马懿等。

《三国演义》也是中国古代第一部长篇章回体小说。小说正文常以"话说"两字开始，往往在情节开展的紧要处停笔，用一句"欲知后事如何，且听下回分解"的套语保留悬念。

$$\boxed{\text{课 文}}$$

小说人物表（按出场顺序）

曹操：字孟德，东汉末年丞相，统一了北方。
刘备：字玄德，汉室皇族。蜀汉的开国皇帝。
孙权：字仲谋，东吴的开国皇帝。
诸葛亮：字孔明，刘备的军师，神机妙算，足智多谋。
周瑜：字公瑾，东吴都督。
鲁肃：字子敬，东吴谋士
毛玠、于禁：曹操手下两员大将，统领曹操的水军。
张辽、徐晃：曹操手下两员大将。

东汉建安十三年（208），曹操带领100万军队南下，驻扎在长江北岸的赤壁，大战在即。孙刘两家决定联合起来共同对抗曹操。刘备派诸葛亮来到东吴，与孙权商议共同退敌之策。

次日，（周瑜）聚众将于帐下，教请孔明议事。孔明欣然而至。

坐定，瑜问孔明曰："即日将与曹军交战，水路交兵，当以何兵器为先？"

孔明曰："大江之上，以弓箭为先。"

瑜曰："先生之言，甚合愚意。但今军中正缺箭用，敢烦先生监造十万支箭，以为应敌之具。此系公事，先生幸勿推却。"

孔明曰："都督（dū dū）见委，自当效劳。敢问十万支箭，何时要用？"

瑜曰："十日之内，可完办否？"

孔明曰："操军即日将至，若候（hòu）十日，必误大事。"

瑜曰："先生料几日可完办？"

孔明曰："只消三日，便可拜纳十万支箭。"

瑜曰："军中无戏言。"

孔明曰："怎敢戏都督！愿纳军令状：三日不办，甘当重罚。"

瑜大喜，唤军政司当面取了文书，置酒相待曰："待军事毕后，自有酬劳。"

孔明曰："今日已不及，来日造起。至第三日，可差（chāi）五百小军到江边搬箭。"饮了数杯，辞去。

鲁肃曰："此人莫非诈（zhà）乎？"

瑜曰："他自送死，非我逼他。今明白对众要了文书，他便两胁（xié）生翅，也飞不去。我只吩咐军匠人等，教他故意迟延，凡应

用物件，都不与齐备。如此，必然误了日期。那时定罪，有何理
说？公今可去探他虚实，却来回报。"

肃领命来见孔明。孔明曰："吾曾告子敬，休对公瑾^{jǐn}说，他
必要害我。不想子敬不肯为我隐讳^{huì}，今日果然又弄出事来。三日
内如何造得十万支箭？子敬只得救我！"

肃曰："公自取其祸，我如何救得你？"

孔明曰："望子敬借我二十只船，每船要军士三十人，船上
皆用青布为幔^{màn}，各束草^{shù}千余个，分布两边，吾别有妙用。第三
日包管有十万支箭。只不可又教公瑾得知。——若彼知之，吾计
败矣。"

肃允诺，却不解其意。回报周瑜，果然不提起借船之事，只
言："孔明并不用箭竹、翎^{líng}毛、胶漆^{jiāo qī}等物，自有道理。"

瑜大疑曰："且看他三日后如何回覆^{fù}我！"

却说鲁肃私自拨轻快船二十只，各船三十余人，并布幔束草
等物，尽皆齐备，候孔明调用。第一日却不见孔明动静；第二日
亦只不动。至第三日四更时分，孔明密请鲁肃到船中。

肃问曰："公召我来何意？"

孔明曰："特请子敬同往取箭。"

肃曰："何处去取?"

孔明曰："子敬休问，前去便见。"遂命将二十只船，用长索
相连，径望北岸进发。

是夜大雾漫天，长江之中，雾气更甚，对面不相见。孔明促
舟前进，果然是好大雾！当夜五更时候，船已近曹操水寨。孔明
教把船只头西尾东，一带摆开，就船上擂鼓呐喊。

鲁肃惊曰："倘曹兵齐出，如之奈何?"

孔明笑曰："吾料曹操于重雾中必不敢出。吾等只顾酌酒取
乐，待雾散便回。"

却说曹寨中，听得擂鼓呐喊，毛玠、于禁二人慌忙飞报
曹操。

操传令曰："重雾迷江，彼军忽至，必有埋伏，切不可轻动。
可拨水军弓弩手乱箭射之。"又差人往旱寨内唤张辽、徐晃各带
弓弩军三千，火速到江边助射。比及号令到来，毛玠、于禁怕南
军抢入水寨，已差弓弩手在寨前放箭；少顷，旱寨内弓弩手亦

到，一万余人，尽皆向江中放箭：箭如雨发。

孔明教把船吊回，头东尾西，逼近水寨受箭，一面擂鼓呐喊。待至日高雾散，孔明令收船急回。二十只船两边束草上，排满箭支。孔明令各船上军士齐声叫曰："谢丞相箭！"比及曹军寨内报知曹操时，这里船轻水急，已放回二十余里，追之不及。曹操懊悔（àohuǐ）不已。

却说孔明回船谓鲁肃曰："每船上箭五六千矣。不费江东半分之力，已得十万余箭。明日即将来射曹军，却不甚便！"

肃曰："先生真神人也！何以知今日如此大雾？"

孔明曰："为将而不通天文，不识地利，不知奇门，不晓阴阳，不看阵图，不明兵势，是庸才也。亮于三日前已算定今日有大雾，因此敢任三日之限。公瑾教我十日完办，工匠料物，都不应手，将这一件风流罪过，明白要杀我。我命系于天，公瑾焉（yān）能害我哉！"鲁肃拜服。

船到岸时，周瑜已差五百军在江边等候搬箭。孔明教于船上取之，可得十余万支，都搬入中军帐交纳。

鲁肃入见周瑜，备说孔明取箭之事。瑜大惊，慨然（kǎirán）叹曰：

"孔明神机妙算，吾不如也！"

　　（节选自《三国演义》第 46 回《用奇谋孔明借箭　献密计黄盖受刑》，有改动）

练　习

一、请将下列现代语句替换为古文表达，体会二者不同

1. 周瑜叫人请孔明来商量事情，孔明就高高兴兴地来了。

_____

2. 这件事是公事，请先生不要推辞拒绝。

_____

3. 曹操的军队马上就要到了，如果等候十天，一定会耽误大事。

_____

4. 军队里不说开玩笑的话。

_____

5. 如果被他知道了，我的计策就不成功了。

_____

6. 鲁肃答应下来，却不明白这是什么意思。

_____

7. 鲁肃问道："你叫我来干什么？"孔明回答说："专门叫你跟我一起去取箭。"

_____

8. 等到太阳升高大雾散去，孔明下令赶紧收船回去。

_____

9. 先生真厉害！你怎么知道今天有这么大的雾呢？

_____

10. 我的命是上天决定的，公瑾怎么能害得了呢？

_____

二、回答问题

1. 周瑜为什么要让诸葛亮立下军令状？

2. 周瑜给诸葛亮提供了什么帮助？

3. 曹操为什么选择射箭而不直接出战？

4. 诸葛亮"神机妙算"表现在哪些方面？

5. 请分析周瑜、鲁肃各自的心理活动。

三、请填写三国故事中的人名

> 曹操　　刘备　　诸葛亮　　关羽　　张飞　　周瑜　　关公　　司马昭

1. 京剧常以脸谱颜色代表人物性格，红脸的_____、白脸的_____等，各不相同。

2. 大家都来想想办法吧。三个臭皮匠，顶个_____呢。

3. 我们刚巧在说你，你就来了。真是说_____，_____到。

4. 既然大家伙想听我唱歌，那我就_____面前耍大刀——献丑了。

5. 众人一听这话都没了主意，个个是_____穿针——大眼瞪小眼。

6. 他们俩是_____打黄盖，一个愿打，一个愿挨。

7. 多年不联系的朋友这次向我提出借钱，我担心他是_____借荆州，有借无还。

8. 这个时候派大量军队驻扎在两国边境线上，它的意图早已是"_____之心，路人皆知"。

四、请熟读以下成语和歇后语，并造句

（故事背景：三国时期，刘备要去东吴招亲。临行前，军师诸葛亮交给将军赵云三个用锦做成的袋子，并吩咐说："里面装有三条神妙的计策，到时你可依次打开。"后来，赵云和刘备就按照锦囊里的妙计破了周瑜的计策，不仅娶走了孙权之妹孙尚香，还安全地回到了荆州，让东吴"赔了夫人又折兵"。）

1. 初出茅庐：形容刚出来做事，缺乏实际经验，比较幼稚。

_____

2. 万事俱备，只欠东风：一切都准备好了，只差东风没有刮起来，不能放火。比喻什么都准备好了，只差最后一个重要条件了。

3. 鞠躬尽瘁：形容贡献出自己的全部力量，直到死的那一天。

4. 锦囊妙计：比喻及时解救危急的好办法。

5. "赔了夫人又折兵"比喻想占便宜，反而受到了双重损失。

五、分角色表演课文